日本人
也不知道的日本語(2)

單字、敬語、文化歷史……
學會連日本人都會對你說「讚」的正確日語

蛇蔵＆海野凪子

【前言】

「日本語教師」是個非常辛苦的工作，
雖然辛苦卻非常有趣。
明明是在教學生日本語、日本文化等知識，
卻反而從他們身上學到很多。
有時會藉由學生提問發現「日文的謎」
（難道只我有我不知道嗎？）的情況發生。

請你以輕鬆的態度一窺像我這種日本語教師的
日常生活吧。

登場人物介紹

Nagiko 老師

日本語教師，今天也在奮力對抗學生的問題攻勢。

>>> 外國學生主角們

路易

法國美少年宅男，日本動漫狂熱分子。

艾蓮

因崇拜黑澤明和忍者而來到日本的瑞典人。

傑克

非常正經的英國人，日文能力相當好，所以常常問出高難度的問題。

王

貪吃又粗心的中國人。

黛安娜

俄羅斯人，對於男同學的追求完全不理會。

福

第1章

歡迎來到日本語學校

日本語學校是這樣的地方

日本語學校的老師平常
——都在
與外國學生提出的無厘頭問題奮鬥
Nagiko老師「こんにちは」和「こんにちわ」哪一個才是正確的呢？
「こんにちは」是把「今日はいい日ですね」的後半段省略，所以「は」才是正確的喔
原來如此 那麼「失礼極まる」和「失礼極まりない」哪一個比較失禮呢？
「失礼極まりない」的失禮程度較高
失礼極まる 指到達失禮程度的極限
失禮量尺
這裡
好人一個
討厭
超討厭的
失礼極まりない 指失禮到爆表
失禮量尺
這裡
爆表!!

能順利回答出來真是太好了……
老師!!
「スッパ抜く」的スッパ是什麼意思？
瑞典人艾蓮
咦咦咦咦咦
…スッパ？擬聲語？不會吧？
スッパーン!!
秘
我回家查一下
白旗
不懂的東西就要查
「所謂スッパ就是『透破』或是『素破』，指的是戰國大名底下的忍者」

「忍者」＝「透破」
是能夠迅速地把
情報到手的人物
因此衍伸出
「スッパ抜く」
這個用法……
喔……
這個解釋
艾蓮應該
會很高興
因為艾蓮是個
時代劇狂熱分子
非常喜歡忍者
剛來日本的時候
老師
請問你是忍者
還是武士？
一定要二選一嗎……
會問這種問題
可見她是多麼相
信忍者的存在
可是
現代日本
沒有忍者!!
以前的忍者也
不會騎青蛙!!
耶—
像這樣一直破壞
她的美夢
偶爾讓她開心一
下也不錯
不出所料

艾蓮非常開心
スッパ是忍者嗎!?
——可是在現代日本
沒有忍者對吧
對
我知道謝謝您告訴我スッパ的知識
開
停下
可是，其實是存在，要假裝他不存在對吧？
悄悄話
就跟你說沒有忍者啦!!
學生的舉動總是超乎我想像非常期待他們下次會問什麼問題

顏色的故事

青 あお

日本人是分不清楚青色和綠色的差別嗎

分得清楚

那為什麼綠色的信號燈日文會說青信號呢 あおしんごう

那是因為啊

明明是綠色卻說「青菜」也很奇怪

※「青海波」：表演雅樂所穿服裝上的波浪圖紋。「青草」：綠草。「青葉」：綠葉。「青眼」：黑色眼球。「青鹿毛」：黑色馬毛。

原本「青」是指所有寒色系的顏色

全部都是青色※

藍	綠	黑
青海波 せいがいは	青草 あおくさ 青葉 あおば	青眼 せいがん 青鹿毛 あおかげ

那「綠」みどり 到底是什麼意思呢？其實一開始並不是一種「顏色」，

而是意味著如「嫩芽」一般「年輕」的詞彙

所以有「みどりの黑髮」くろかみ（綠的黑髮）

明明是嬰兒卻說「みどり児」ご（綠子）這些說法存在

※みどりの児：剛出生的嬰兒　　みどりの黑髮：有光澤且漂亮的頭髮

【○→○】

——所以把類似綠色的東西以青色形容是日本的傳統，其實並不奇怪
在中國不是也會把綠色說成青色的嗎？
中國人
才沒有呢！
那青江菜呢？
啊
赤（あか）
把小孩送到日本學校上學的外國媽媽們，都對這種情形感到非常驚訝
我家小孩畫的太陽是紅色的!!
在日本「說到太陽就是紅色」是稀鬆平常的事
夕陽還能夠理解但我認為普通的太陽應該是黃色
黃色或白色
黃色
在 DoReMi 之歌※有一句歌詞提到 Ray, a drop of golden sun 所以應該是金色
在埃及也是金色喔

※電影《真善美》配樂歌曲

看來「紅色」是極少數派
孤
立
有點難過
老師
俄羅斯也是說紅色喔
那是因為白夜的緣故太陽真實地呈現出紅色的狀態
白夜
順帶一提 不只是顏色不同 涵義也隨國家而不同
你就像太陽一般
歐洲
阿拉伯
如果不說「像月亮一樣」，不會被認為是讚美的話喔
哼
在阿拉伯 太陽＝無情 月亮＝慈悲 雨＝好天氣
粉紅色（ピンク）
老師「ピンク映画」（粉紅色電影）是什麼？
如果我回答「粉紅色感覺的電影」也不會通
那是因為「粉紅色＝情色的感覺」並不是全世界都通用
在美國這種電影稱做Blue film

在中國是黃色喔
西班牙是綠色
黃色電影
Cine Verde
再不阻止的話會變成更情色的話題……
好！關於顏色的故事就到這邊結束
有其他問題的人請在下課後來找我
闔
起
老師!!
可以請你告訴我日本男人喜歡的顏色嗎？
我想要把「肉体」送給照顧我的人
咦
咦
咦
咦
喜歡的顏色？
肉體？
惱
煩
煩惱
嗯嗯……這個這個……
啊！不是ニクタイ是ネクタイ（領帶）啦
もっと早く言って（早點說嘛）……
害我好慌張
是ネクタイ!!（快轉）
不是叫你講快一點啦
※早く言う：有兩種意思，一是「早說嘛」一是「說快點」

【スッパ超爆笑】

※すっぱだか（脫光光）

【她們都好酷】

EXAMS 01 >>>

小試身手！日本語測驗

日本的傳統顏色

下列①～⑤是日本傳統顏色的名字，本書的第〇〇八頁到〇一五頁中有符合的顏色，
試著找找看吧。

1) 秘色（ひそく）

2) 海松（みる）

3) 新橋色（しんばしいろ）

4) 支子（くちなし）

5) 朱華（はねず）

解答 >>>

1) 第〇一五頁的最後一格．背景
帶有一點綠色的淡藍色，原本是中國青瓷器的顏色。
此顏色名，據說是因禁止王室以外使用，因而得名。

2) 第〇一二頁的第二格．學生的外套
帶有灰色的暗黃綠色，像是海藻「海松」的顏色。
雖然被稱為是「海藻」，不過比較像是珊瑚的東西。

3) 第〇〇九頁的第五格．Nagiko老師的書
帶點亮綠色的藍色。明治末期到大正時期新橋地區的藝伎間所流行的顏色。

4) 第〇一三頁第五格．看了小孩的畫嚇一跳的媽媽的頭髮
又寫做梔子。用梔子的果實染成帶有點紅色的深黃色。

5) 第〇〇八頁第四格．背景
舊名又被稱做「ニワウメ」，帶點白色的紅色。

關於日本語教師

「要如何成為日本語教師呢？」「日本語教師到底是什麼樣的工作？」類似這種提問層出不窮，因此我用Q＆A的方式為各位解惑。

Q 要成為日本語教師需要什麼樣的「證照」呢？

A （財）日本語教育振興學會所制定的「教員の資格」（詳情請參考網頁內容），雖然有這項規定，不過大多數的日本語學校中只要符合以下錄取條件的其中一項即可。

- 在大學期間有主修或是輔修的科系中有選修日本語教育科目
- 接受四二〇小時以上日本語教師養成講座的教育
- 通過日本語教育能力檢定試驗

Q 日本語教師一定要會說外文才行嗎？

A 如果要去國外教日本語的話最好是要會說當地的語言，但也不是說一定要會說才行，會依各錄取條件而有所不同。

在日本國內有不少地方將外語能力視為非必要條件，不過如果會說外文說不定會比較容易被錄取喔。順帶一提我會說的語言只有日文。

Q 日本語教師的薪水有多少？

A 來了一個大哉問啊……會依學歷和資歷而不同，工作年資也會影響薪資的多寡。

首先，大多數的日本語學校有常勤（專任）和非常勤（兼任）兩種講師，非常勤講師大部分都是以「一節課（＝一小時）○○○○円」這種時薪制，類似打工的方式聘任。

常勤講師有很多地方就像是公司職員一般享有勞健保，但比起中學或高中老師的薪水還要少呢，當然每所學校也會有所不同啦。

老實說並不是很賺錢的工作……

※「常勤講師」和「專任講師」的工作型態有時並不盡相同。

日本化小語

感覺到「疊化」的時候——①

【疊化（たたみか）】tatamiser（タタミゼ）法文新創的詞彙，指外國人「日本化」的情形。

回到母國時卻一直在等計程車的車門自動開啟

客人!!
你到底要不要
搭啊？
發——呆

※計程車的自動門是日本獨有。
除了有日本中古車流通的一些國家外，在國外是看不到這種情形的。

第2章

敬語好難？

來一窺尊敬語的上課情形吧

我們來看看實際上課的情形吧
Step1
把動詞「～ます」變成「お～になります」就是尊敬形了
來試試看吧！
「乗ります」←「お乗りになります」
對 沒錯
「お書きになります」
「お飲みになります」
「お母さんになります」
我不是跟你說是動詞嗎？
Step2
被動形和尊敬形是一樣的
把「書く」變成被動形是？
「書かれる」

沒錯 就這樣可以直接當作尊敬語使用喔
使用例
これが先生の書かれた書か——
（這就是老師所寫的書法啊）
あ
Step3
最後
食べる←召し上がる
像這種
特殊形的部分就要另外記囉
這是敬意程度最高的
老師 變化有規則嗎
沒有 但是數量不多 所以就稍微努力背一下吧
補充
特殊形的尊敬語（動詞）
いる 行く 来る
いらっしゃる
言う
おっしゃる
飲む 食べる
召し上がる
見る
ご覧になる
する
なさる
等等

老師 在我的書裡面「する」的尊敬語是寫「あそばす」呢
好古老喔
那已經很少用了……
像這樣很有系統的學習結果
老師
我在打工的地方有日本同事請我教他尊敬語
也會發生這種情形
總而言之，你就跟他說「尊敬和被動的形式一樣」看看吧
原來如此
翌日
老師 我和日本同事說了，他卻反問我「什麼是被動」？
要從這個觀念教起啊……

為什麼會出現「らぬき言葉」呢

※でございます是です的更丁寧語，但重點不是です，而是マジ；マジ是年輕人的流行語

重新振作起來
雖然說有例外，但其實也有它的規則，所以不會很難
這個表格的
第二類別中的「きる」這種在「る」前面是一個字的詞彙，和第三類別的詞彙是不會變化成「お～なります」的形式，請大家要記起來
小小離題
雖然在教學生時不會教這麼仔細，不過由這個表格可以看出為什麼會出現「ら抜き言葉（ぬきことば）」（捨去ら的詞彙）
只有這個部分的「可能形」「被動・尊敬形」是一樣的對吧？

		基本形	可能形	被動・尊敬形
第一類別	五段	書く	書ける	書かれる
		走る	走れる	走られる
第二類別	一段	出る	出られる	
		着る	着られる	
第三類別	カ行變格	来る	来られる	
	サ行變格	する	できる	される

※

※在日本語學校會稱做「グループ」（類別）

因為這樣很容易混淆
可能形
被動・尊敬形
出られる
着られる
来られる
為了區別於是出現了「ら抜き」的用法
可能形
被動・尊敬形
出れる
出られる
着れる
着られる
来れる
来られる
有這樣的說法
所以在日本語權威的大師之間也說
與其說「ら抜き」是變形的日本語，不如說是必然的演變，所以我認為可以認同它的存在
由於抱持這種想法的人也不少
所以也無法一概說「ら抜き絕對不行」
現在多以「口說時OK」，可是「寫文章時NG」
すぐ来れました。
すぐ来られました
即使是NHK，在字幕上還是會做修正

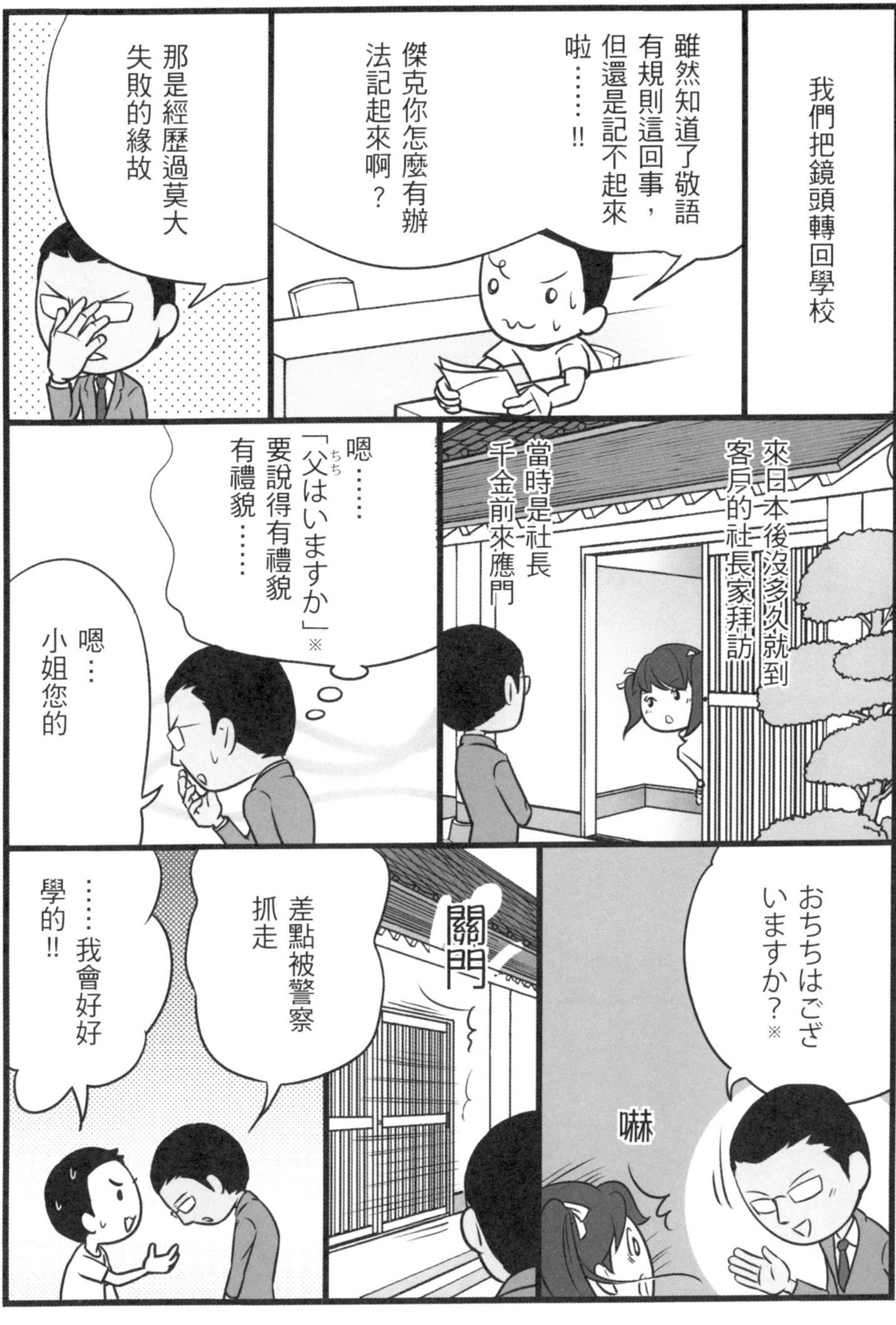

我們把鏡頭轉回學校
雖然知道了敬語有規則這回事，但還是記不起來啦……!!
傑克你怎麼有辦法記起來啊？
那是經歷過莫大失敗的緣故
來日本後沒多久就到客戶的社長家拜訪
當時是社長千金前來應門
嗯……「父（ちち）はいますか」※要說得有禮貌有禮貌……
嗯…小姐您的
おちちはございますか？※
嚇
關門
差點被警察抓走
……我會好好學的!!

※父親在家嗎……

【換造型】

※長靴(ながぐつ)（雨鞋）

【湯(ゆ)】

※とっくりによくお似合いです。とっくり指十分、非常，但是指十分、非常時會在とっくり後搭續と來使用，這一句話乍聽之下會以為是第二個意思「酒瓶」。

EXAMS 02 >>>

小試身手！
日本語測驗

敬語測驗①

將下列句子中畫線部分改寫成敬語，由①～④中選出最適當的選項。

1)

（課長に）お留守番中に田中さんという方が＿＿**（来た）**＿＿。

①お見えになりました　②参られておりました
③お越しになりました　④おいで参りました

2)

あのような有名な方に＿＿**（会えて）**＿＿大変うれしく思いました。

①お目にかかられて　②お目にかかれて
③お目にかけて　④お目にかけられて

3)

その本のことは＿＿**（知っている）**＿＿が、まだ読んでおりません。

①存じ上げます　②ご存じでおります
③存じていらっしゃいます　④存じ上げております

解答 >>>

1) —① 「来る」的尊敬語。其他還有「いらっしゃる」「おいでになる」「お越しになる」等。
2) —② 「会う」的謙讓語。特殊形。其他還有「お会いする」等等。
3) —④ 「知っている」的謙讓語。特殊形。另外還有「存じる」等。

レタス與サイレ

這並不是新的蔬菜名。

就像「ら抜き言葉」一樣，被視為是一種日文的「亂象」，例如：「れ足す（れ入れ）言葉」（加れ詞彙）「さ入れ（さ付き）言葉」（加さ詞彙）。

請參考〇二七頁的動詞表格。

「れ足す」是指表中第一類別的動詞要變成可能形時，把不必加進去的「れ」無意義地加進去的現象。

第一類別（例：書く↓書ける）和第三類別「する（↓できる）」是屬於可能形的特殊形式，但卻在其中「×書け[れ]る」「×読め[れ]る」像這樣無意義地加「れ」進去。

所謂「さ入れ」是指無意義地加「さ」進去的現象。最常見的例子是在「～ていただきます、もらいます」的接續時，出現「×歌わ[さ]せていただきます」「×帰ら[さ]せていただきます」這種誤用。並不是所有動詞都會出現這種情形，但尤其是第一類別中最常見到。（サ行變格動詞除外。例：話す↓「×話さ[さ]せて」這種誤用就不常見。）

在電視上最常聽到的就是「さ入れ言葉」。不論各種年齡層的人都會在無意識的情況下脱口而出，而且聽的一方也不會特別留意。

比起「さ入れ言葉」，「れ足す言葉」就沒有這麼普遍，使用「れ足す言葉」的人在說完之後，往往會發覺「咦？剛剛是不是有點怪怪的？」，聽的人也會覺得「有點奇怪」。

我並非學者，沒有辦法在書以外的部分也指出「這是正確」、「這是錯誤」，可以說的部分充其量也只是「這樣的日文，在日本語學校沒教」而已。在語言不斷變化的現今要判斷其說法正不正確其實是非常困難的，像「ら抜き言葉」在以前被認為是「錯誤的日文」，不過最近卻因其是有根據的變化而形成的結果而被接受了。

到目前為止「れ足す」和「さ入れ」還沒有被認可，不過或許有朝一日也會以「正式的動詞形式」被寫入日文教科書中呢！

日本化小語

感覺到「疊化」的時候——②

肩膀痠痛
想貼痠痛貼布的時候

※在歐洲並沒有肩膀痠痛的概念，
所以也幾乎沒有在販售痠痛貼布。

第3章

因為喜歡COOL JAPAN

ロタク

L'Otaku

來自法國的路易入學時
在部分女同學之間引起了小小騷動
好像洋娃娃
哇—
呀啊—
其他班級(剛好班上都只有中國人)的女學生說
請多加入一些外國人到我們班上
有這種發言
你們全部都是外國人啊
門上的小窗外時常都有觀眾
悄悄話
好!!請大家專心上課!!
——課本上出現「人の輪」這個單字,這個「輪」字還有其他的唸法對吧
是「輪」

沒錯
那請你用「輪（りん）」來造詞吧
しゃりん
「車輪（しゃりん）」……
車輪
不是不是，老師，しゃ應該是「写真」的「写」
「写輪眼（しゃりんがん）」
這個
那是『ナ○ト』啦……
那個是只會出現在漫畫裡的名詞
老師 不是ナ○ト 是サ○ケオ對
路易是個宅男
第一志願是某私立大學的「漫畫系」
把漫畫的對話全部背起來，所以……把「私は本気（ほんき）だ」唸做
私は本気（マジ）だ
本気（ほんき）!!

※「写輪眼」…漫畫《火影忍者》（ナルト）中出現特殊的眼睛稱呼。日文書名ナルト就是主角的名字。我直接說漫畫的書名，但路易誤以為我是在說主角的名字，所以才會糾正我說「擁有写輪眼的是サ○ケ而不是ナ○ト」。

マジ：江戶時代就存在的日本語，來自於「真面目」（認真）的詞彙，所以不會寫成「本気」（マジ）。

※とも也寫成友，故意把敵唸成とも，亦即亦敵亦友之意。

※「艷女」：女性流行雜誌《NIKITA》所創的詞彙，意指多金、獨立、時髦、性感的成熟女性。
「拳銃」：黑道等使用的暗號，指的就是槍。

雖然確定路易是一位宅男，
卻還是人氣不減
對於上課時在外的觀眾們的
反應因國情而異
法
若無其事，
處之泰然
中
突然變得很認真
義
坐在自己認為
最好看的角度
的地方
大家都沒辦法
集中精神呢!!
拉—
貼
用紙把窗戶
遮起來之後
老師 你真是
「情けない人」※!!
義大利人
也太傷人
了吧
似乎原本是
想要說「情のな
い人」※的樣子

※情けない（丟臉的）、情のない（無情的）。

宅男＋1

※本節目由以下的贊助商贊助播放……

搞不好可以像艾蓮和瑪莉一樣變得很麻吉也說不定!!
但是
這位是史蒂芬聽說是魯邦三世的粉絲
看就知道了
超冷酷
他記得很多台詞喔！
「窩史消頭」!!（我是小偷）
啊啊……
卡里奧斯特羅之城是吧※
依然冷酷
雖然談話算是成立
但不知為何這兩個人卻一點都要好不起來
為什麼啊？
對於注重原著的法國人來說，一股腦地把所有東西都想要轉換成自我風格的美國人就有點……
果然還是很困難……
講得吞吞吐吐的
光看就很搶眼的史帝芬，在課堂上也是超搶眼的

這隻腳是怎麼回事
這是表示「說話內容不好笑」的肢體語言啊
在日本也會這麼做不是嗎？
超認真
啊啊啊原來這是常在漫畫裡出現的「跌倒POSE」啊!!
跌
那是只有在漫畫裡出現的肢體語言喔
原來是這樣啊!?
或是吉本新喜劇
還有如果失敗的時候「打自己的頭吐舌頭」等等……
聽到這番對話的路易默默受到打擊
原來有些肢體動作是只限於漫畫裡使用啊!!
打擊

※一種日本的惡作劇，趁對方不注意時，插進對方的肛門，漫畫裡也經常出現

【Cosplay】

※FINAL FANTASY系列電玩

※Chocobos陸行鳥

【藉由遊戲學到的日文】

EXAMS 03 >>>

小試身手！日本語試驗

待遇表現・得到許可
（高級）

請改寫下列不適當的部分。

1) **〈先輩に〉**
この本、借りてもよろしいか？

2) **〈アルバイトを休みたいので許可をもらう〉**
明日、休ませていただきます。

3)
上司：悪いけど、来週の会議、再来週に延期してもいいかなあ。
部下：はい、いいですよ。

解答 >>>

1) よろしいか → よろしいですか（いいですか）
2) 休ませていただきます → 休んでもいいですか
3) いいですよ → わかりました
※當前輩使用「尋求許可」的表現時，通常不把它視為尋求許可的情況較多，
所以在回答的時候需要特別謹慎小心。

《尋求許可的表現》
基本 → してもいいですか。
會依對象不同有以下的情況變化
例）
～させていただいてもよろしいでしょうか。
～してもよろしいでしょうか。
～してもいいですか。
～してもいい？

↑ 愈來愈有禮貌

引自：小川誉子美・前田直子《日本語文法演習　敬語を中心とした対人関係の表現　―待遇表現―》
スリーエーネットワーク

COOL JAPAN?

最近幾年，日本的卡通、漫畫、日劇都在國外廣受好評，有時甚至比日本人還要清楚，這種情況還真是屢見不鮮。

在會話的課堂上向學生說「請你介紹喜歡的歌」，出現了日本歌曲也出現了自己國家的歌曲，有時還會請學生高歌一曲場面變得非常熱鬧。某位學生說他「喜歡的一首歌叫做『アンイン〇トール』」，原以為是外國的歌曲，沒想要他說「這是一首非常有名的歌，是動漫的歌曲」之後就開始唱起來了。歌詞的確是日文沒錯，不過當我說「沒聽過」的時候他的神情顯得有點落寞，不過其他同學們似乎也沒有聽過的樣子，於是我只好說「這是在某個領域中很有名的歌」以結束話題。

不過有時會出現班上同學都知道卻只有老師不知道的尷尬情況，關於「日本事物」的認識不足，並非光說知識不足就可以交代過去的。

有時在話題中會出現「ドラマ」（日劇）的字眼，於是我就問大家「喜歡的日劇是什麼」的問題。班上幾乎都是亞洲學生，對於日本演藝圈的消息比我還靈通，也密切關注日本偶像劇。各式各樣的日劇片名就像雨後春筍般出現，但其中幾乎都是沒聽過或是只聽過劇名而已，對於內容卻渾然不知。

事實上我最近都沒有在看日劇，所以在日劇中演出的演員的名字也非常陌生。「老師，你知道松〇※嗎？」「嗯～是有演電影的人嗎？《死亡筆記本》的……」「那是松〇△★☆%啦！」像這樣的對話反覆了幾次後，班上頓時陷入「不知道就不要問我們」的尷尬場面。

自從這件事情以後，我開始會注意最近熱門的日劇劇情和演員（透過報紙和網路就能夠很輕易地得到資訊呢）！

有一句話叫做「好きこそ物の上手なれ」（喜歡的事物自然就會變得熟稔），透過這樣的方式說不定可以讓日文和日本文化廣為流傳呢。

日本化小語

感覺到「疊化」的時候——③

認為請店員套上書套是理所當然的時候

※基本上，在書店櫃台請店員套上書套的服務只有日本才有。

第4章

去神社吧！

參拜看看吧（前篇）

在日本語學校有一項活動叫「校外教學」
要將亢奮的學生們
橘子飛來飛去
分送給陌生人
想辦法管好
到達目的地點名的時候
那就是神社喔
要去參拜之前我先來確認一下大家都到齊了沒
不知何時人數卻
增加
竟發生這種怪異現象
這位是今天決定和我們一起去的多江婆婆
在電車裡發現志同道合的人
總之是絕對不能掉以輕心的活動

一邊說明參拜的作法走到神社的境內
參道要走在邊邊才行喔※
那是「鳥居（とりい）」
通過時要一鞠躬喔
我在宮島有看過一模一樣的東西非常漂亮
喔ー
你大老遠跑去宮島啊？
對

是搭だるま（不倒翁）去的
飛
應該是「こだま」※吧
啊

※こだま是新幹線的一種，所需時間最長且每一站都會停車，第二快的是「ひかり」，最快的是「のぞみ」。

※鴨居：和室的拉門等上方的橫樑。據說是為了祈求出防止火災的發生，故以水鳥名來命名

為什麼會叫鳥居呢？
雖然不能斷定
據說是讓神明的鳥棲息的地方※
那麼鴨居※是有鴨會停在那裡的意思嗎？
沒想到來這招
學生們出乎意料的問題和行動還沒結束
靠近本殿前的「手水所（ちょうずどころ）」後
參拜
太快了、太快了
這裡是淨化手和口的地方
手水（ちょうず）的使用方法
①洗手
②漱口
不要從柄杓直接飲用
③清洗柄杓後歸位

※為了誘導天照大御神從天岩戶出來，讓雞站在架上啼叫

※是誤以為出水處的龍造型工藝品是要參拜的地方了

在石獅前開始爭論
狗
獅子
兩個人都對喔
嘴巴「阿」的張開是獅子
「阿形」
「吽形」
嘴巴「吽」的閉起來，而且有長角的是狛犬
「阿」是梵語中的第一個字，而「吽」是最後一個字，「阿吽」兩個字表示「事物開始到結束」。
做了這番說明時又有其他學生跑來說
喔~
這就是ハチ公※對吧!!
那有可能啊

※依神社不同也有差異

待續

※忠犬小八

參拜看看吧（後篇）

本殿（ほんでん）
偉
宏
請問お神（かみ）さん※在嗎——
那就變成料亭了
一般的參拜方法
投賽錢
搖鈴來請神
鞠躬二次
拍手二次
祈禱
一鞠躬
我向神明祈禱說希望老師可以結婚
不需要向我報告

不強制參拜與否

※おかみさん【女将さん】：料亭或是旅館的女老闆

※也有和上述情況不同的神社

大吉
大凶……
擊打
再抽一次啊
不能重抽喔
心想「希望轉為吉」綁在上面的話就沒問題了
好的籤詩則可以直接帶回家
ホッ
繪馬殿（えまでん）
為什麼是馬呢？
以前馬是被拿來當作祭拜神明的供品
真馬
木偶
畫
以前
現在
喔——
我也要寫!!
我的願望是「通過日本語能力測驗一級」還有
「但願老師能夠結婚」

說這種干涉個人隱私的事不太恰當吧
的眼神
我們希望老師能夠得到幸福
的眼神
困——惑
中國
歐洲
向歐洲派投以「他們沒有什麼惡意啦」的眼神
不要吵架喔～
謝謝!!不過我現在已經非常幸福所以沒有關係
而且也還沒考慮結婚的事情
真心話
這樣啊——
折騰半天校外教學總算平安的結束了
但是
老師!!這是我在中國求來的
會變得想要結婚的御守!!
求神攻勢至今還沒結束

【我愛肌肉】

※キンニク（肌肉）、ニンニク（大蒜）

【自由寫作】

※日本的自由除了有自由的意思外，還有隨各人喜好的意思

EXAMS 04 >>>

小試身手！日本語試驗

慣用句

下列(1)～(4)是慣用句，請思考它的涵意。

1) 木で鼻をくくる

2) 小首をかしげる

3) 腕が鳴る

4) 歯が浮く

解答 >>>

1) 用臭臉應對。「くくる」是「こくる」的變化形，「こくる」就是「こする／摩擦」的意思。用木頭摩擦鼻子為什麼會是臭臉呢？至今還是謎團重重的慣用句。

2) 脖子稍稍傾斜思考，感到疑惑或是不可思議的時候歪著頭。學生們常常會問「小首是哪裡」。

3) 想要趕快發揮技能或能力而坐立難安的樣子。如果說「想要做自己擅長的事而手腕うずうず／手癢」卻又會被反問『うずうず』是什麼意思，問題愈滾愈多……

4) 聽到不悅耳的聲音，或是吃到很酸的東西感覺牙齒變鬆了。聽到不雅的字眼感到不舒服的樣子。不過有些人聽到不雅的字眼也不會感到不舒服，所以在解釋的時候也有困難之處。

不懂的字彙

「波の花」是什麼呢？相信有很多人都知道它有時會被拿來當作商品名稱，但事實上是「鹽巴」的代稱。原本是女房（在宮中服侍貴族的女性）在宮中所使用的「女房詞（にょうぼうことば）」之一。

在現代持續被使用的「女房詞」還有「おかか」（柴魚片）、「おひや」（水）、「青物」（綠色蔬菜）、「おいしい」（表示味道很好的女房詞「いしい」加上「お」的詞彙）等等。女房詞被認為是高雅的用字遣詞，一般的女性也漸漸地開始使用。

像這類在特定的場面或族群中使用的用語叫做「位相語（いそうご）」。其他還有「幼兒語」（例：ブーブ＝車、まんま＝食物），還有在本書出現的「忌諱用語」（一二○頁）等等。

「位相語」在初級課程中不太會教（不過「おいしい」之類的基本語彙會教），不過在日常生活中也有使用到，所以學生也會提出這方面的問題。最困擾的是被問到「年輕人用語」的時候。

我的年紀已經沒有辦法稱為「年輕人」了，所以對於現代年經人所使用的用語也就不太清楚了，自己不會用但大概懂意思還能解釋，但是大部分的「年輕人用語」是不會放在字典上，所以非常棘手。利用網路可以輕易地搜尋到意思，但是一提到要如何使用就束手無策了，若問問題的學生又沒有正確記住單字的發音時，更是讓人一個頭兩個大。就算對方用正確的發音提問，若自己卻抱持著「不可能有這種講法」的刻板印象，更是無法說明了。

最近被問的問題是「綠色會說『みどりい』嗎」，當我回答說「沒有這種說法喔」的時候，得到的回應居然是「打工的同事常常在用」，其他還有「ピンクい」的說法等。當被問到為什麼綠色不會說「みどりいろい」的時候，我詞窮了（沒有辦法三言兩語就解釋得清楚啊……）。

所以即使是初級班也不能掉以輕心呢。

※關於「綠色い」的部分，請參考大野晋《大野晋の日本語相談》（朝日文芸文庫）中有詳細的說明。

日本化小語

感覺到「疊化」的時候——④

用母語對話的時候不自覺地用日文的應答方式時

糟糕
你幹麻從剛才就一直嗯嗯的回答啊？
法國人的丈夫

第5章

學生VS老師

A和B有何不同

你常喝牛奶嗎？
會啊
たまたま飲みます
不是「たまたま」是「たまに」才對喔
糟糕
「たまたま」是
「偶然」的意思
那「たまに」呢？
咦？
嗯……那個是……「時々」（偶爾）
「時々」和「たまに」不一樣嗎？
我們來複習一下吧
（頻率的比例）
100%
0%
いつも
たいてい
よく
ときどき
たまに
ぜんぜん～ない
對耶
像這種「A和B有什麼不一樣」的問題常常出現

老師「うしろ」和「あと」差別在哪裡
那請你以「うしろ」來造個句子吧
私のうしろにアリさんがいます
這句話的確沒有辦法說是「私のあとにアリがいます」
那麼用「あと」來造句呢？
例文あとで作ります
……
「例文はうしろで作ります」的話又變成不同意思了
誰叫你開這種玩笑啊
基本上
不會移動的場所・方向的話用「うしろ」
會移動的東西或是流逝的時間則使用「あと」
人のうしろ
注視
人のあと
跟隨
這種感覺
原來如此

「うれしい」和「たのしい」的差別呢？
最大的差別在於「愉快心情」持續的時間長短
比起「うれしい」「たのしい」持續得比較久喔
「ぜひ来て下さい」「絶対来て下さい」
的差異是什麼呢？
「ぜひ」是用來表示希望對方來的強烈意願
「絶対」則是傳達出絕對不要拒絕的強烈意志
總而言之這是看似要求形式的命令句
常常會用到所以請你「絕對」要記住喔

身為日本語教師像這種回答得出來的問題還算小CASE，不過……
「お通し」和「つき出し」是不一樣的東西嗎？
什麼！
這應該是依區域不同而有不同的說法喔
お通し＝關東
つき出し＝關西
老師那……
IH電子鍋和微電腦電子鍋的差異是什麼？
請直接問電器行的人!!

超喜歡忍者

我想要搭地下鐵半藏門線去半藏門看看
要一起去半藏門嗎？
我也想去
去做什麼？
去掃服部半藏的墓
服部半藏!?在半藏門居然有他的墓!?
你不知道喔
不知道……
「半藏門…伊賀忍者的老大半藏其宅邸在此」
現在老師的知識往上升一等了……
總而言之不管哪個國家的學生都超喜歡忍者

為什麼這麼喜歡啊？
可能是因為其他國家沒有的關係吧？
沒錯!!再也找不到像忍者那麼厲害的人了!!
輕功水上漂!!
還會飛!!
你們想像中的忍者在日本也不存在喔
老師!!你對於忍者的超能力了解得太少了
忍者的數學可是很強的喔!!
想要知道護城河的深度時
先測出「露出水面的蘆葦長度」接著
10cm
把它往側邊拉
測量「河底到蘆葦沉在水中的距離」
ブワ
ブワ

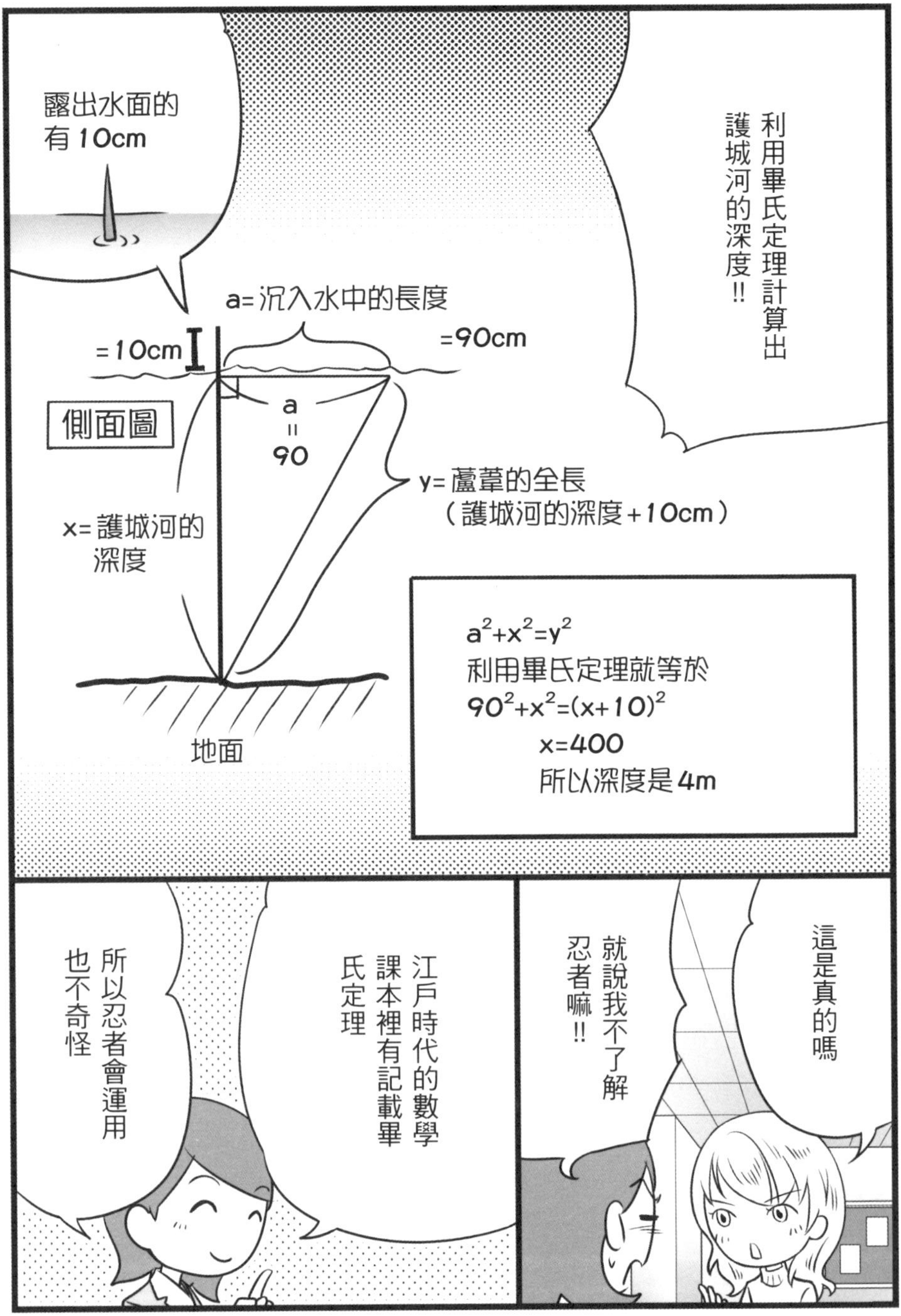
利用畢氏定理計算出護城河的深度!!
露出水面的有10cm
a= 沉入水中的長度
=10cm
=90cm
側面圖
a=90
y= 蘆葦的全長
（護城河的深度+10cm）
x= 護城河的深度
地面
$a^2+x^2=y^2$
利用畢氏定理就等於
$90^2+x^2=(x+10)^2$
x=400
所以深度是4m
這是真的嗎
就說我不了解忍者嘛!!
江戶時代的數學課本裡有記載畢氏定理
所以忍者會運用也不奇怪

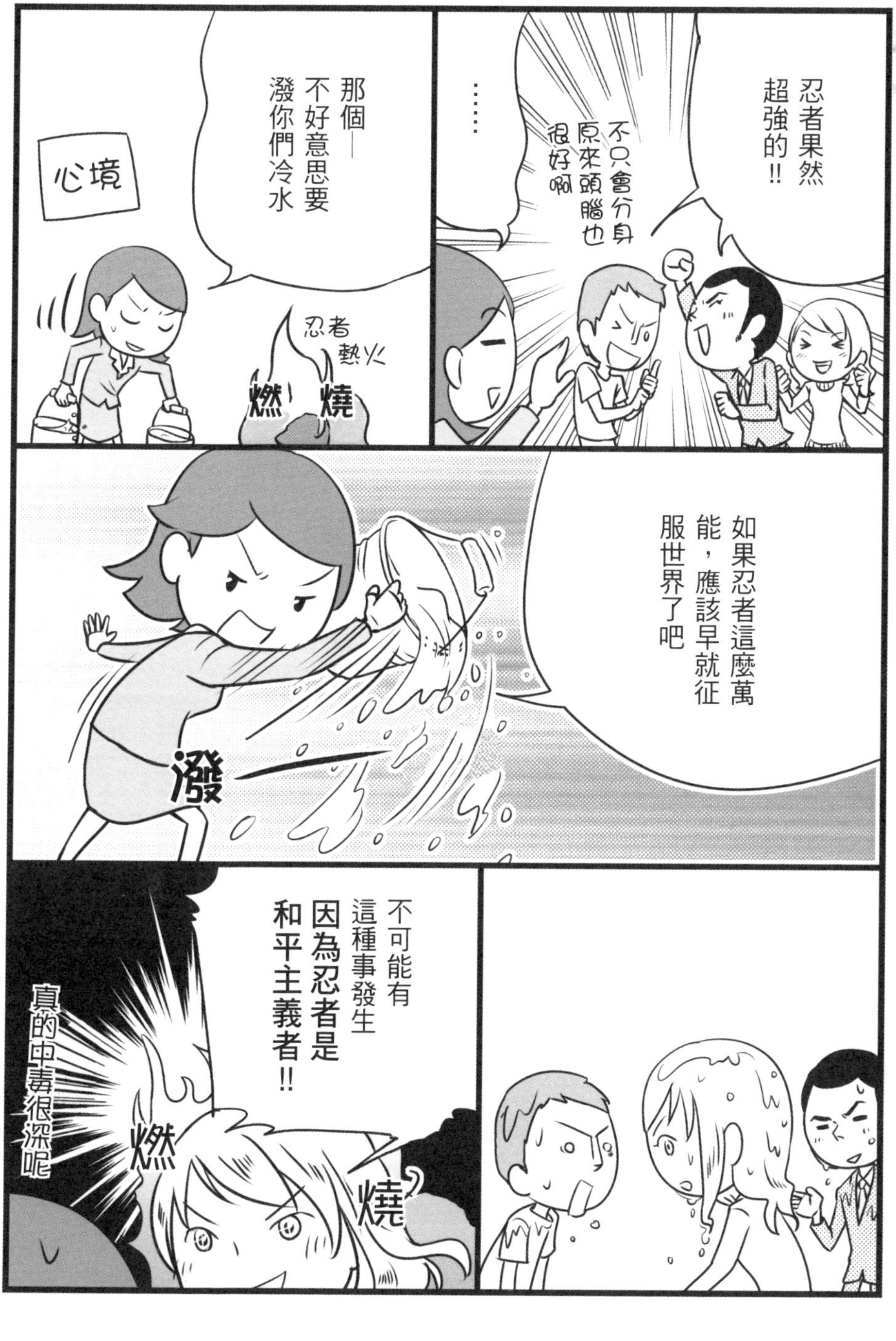
忍者果然超強的!!
不只會分身原來頭腦也很好啊
……
那個——不好意思要潑你們冷水
心境
忍者熱火
燃燒
如果忍者這麼萬能，應該早就征服世界了吧
潑
不可能有這種事發生
因為忍者是和平主義者!!
真的中毒很深呢
燃
燒

【《少爺》最困難的地方】

【「子」的爸媽呢？】

※明太子是指醃漬過的鱈魚卵

※タラコ（鱈魚卵） メンタイコ（明太子）
ナマコ（海參）

EXAMS 05 >>>

小試身手！日本語測驗

日本語能力
試驗1級程度
（語彙）

請在下列1~3題的用語中由①②③④中選出1個最適當的選項。

1) **ありふれる**
①この本は何度も読んだのでありふれてしまった。
②グラスにありふれるほどビールを注がれた。
③コメントを求められたがありふれた言葉しか言えなかった。
④親の世代にありふれた音楽が、若者たちにも聞かれているそうだ。

2) **つつしむ**
①彼はつつしんで楽しい生活をしたいと言っていた。
②ここにはもうつつしんで来ないでください。
③自分の実力をつつしまない方がいい。
④ちょっと言いすぎですよ。もう少し言葉をつつしんだ方がいい。

3) **あくどい**
①あの会社はあくどい取引をしているらしく、同業者の間でも評判が悪い。
②遅刻はするし、財布は落とすし、本当にあくどい一日だった。
③あくどいことに雨が降り出した。
④どんなにあくどくても学校は休みたくない。

解答 >>>

1)—③
ありふれる：處處可見到，不稀奇。
以「ありふれた～」「ありふれている」的形式使用。
2)—④
つつしむ：節制。謹慎不輕率行事。
3)—①
あくどい：做法很惡劣或指顏色或味道等的濃烈。

「日本語能力測驗」是有眾多學習日文的外國人會應考的日語測驗。

對外國人要說「英文」？

近年來在日本各地處處可見外國人的身影。

外國人的人數比起幾年前還要多，或許會說「現在，外國人一點都不稀奇了」，「看到」外國人不稀奇，但是說到「交流」的話又是另外一回事了。

看到對方是淺色頭髮而且是白皮膚就認為一定會說英文，或是以為「日文應該不通吧」的人應該不算少數，老實說我有時候也會不自覺地會有這種想法出現……

我和蛇蔵有一位共同友人是日文非常流利的德國女生，她向我們訴說在日本的趣事。

有一天她去看眼科，因為眼白充血非常地癢。第一次就診的醫院，醫生非常好，就因為她的外貌看起來就是個外國人，所以在講解症狀或是說明時都很貼心地用「英文」。但是對她來說比起英文，反而用日文、寫漢字比較容易了解。

她罹患的是「結膜炎」，德文是「Bindehautentzündung」。

直譯為：「Binde：結、haut：皮、膜、entzündung：發炎」，像這種將外文的單字翻譯後轉換為自己國家的語彙稱為「翻譯借用語」（英文應該是「Conjunctivitis」）。在英文有很多醫學用語來自拉丁語和希臘語，所以並非所有人都熟悉，但日文的醫學或化學用語有很多都是源自於德文的「翻譯借用語」，所以身為德國人的她，比起英文的專業用語，反而看漢字較容易了解。

不過，「結膜炎」和德文之間原來還存在著這種關係啊（應該是我孤陋寡聞吧）！

她的日文程度不論是讀、寫都相當高，所以情況比較特別也說不定，但聽了這番話後深深感受到「任何事都不要有刻板印象和先入為主的心態」啊。

日本化小語

感覺到「畳化」的時候——⑤

說到餃子就想到煎餃的時候

※在中國說到餃子一般是指水餃，
煎餃是為了料理剩下的餃子。

第6章

一到冬天

生肖

與日本人比較起來「問問題超直接」的學生相當多
例
那戒指多少錢？
因此我會在課堂加上「問得拐彎抹角些」的訓練
何不教大家「想要問年紀的時候用生肖來問」？
但知道生肖（干支）的外國人很少吧？
教師手冊
令人意外的是事實並非如此
生肖（干支）？我們也有啊
中國
韓國
蒙古
泰國
越南
俄國
應該有吧
南美
東歐
那是什麼？
非洲
美國
西歐

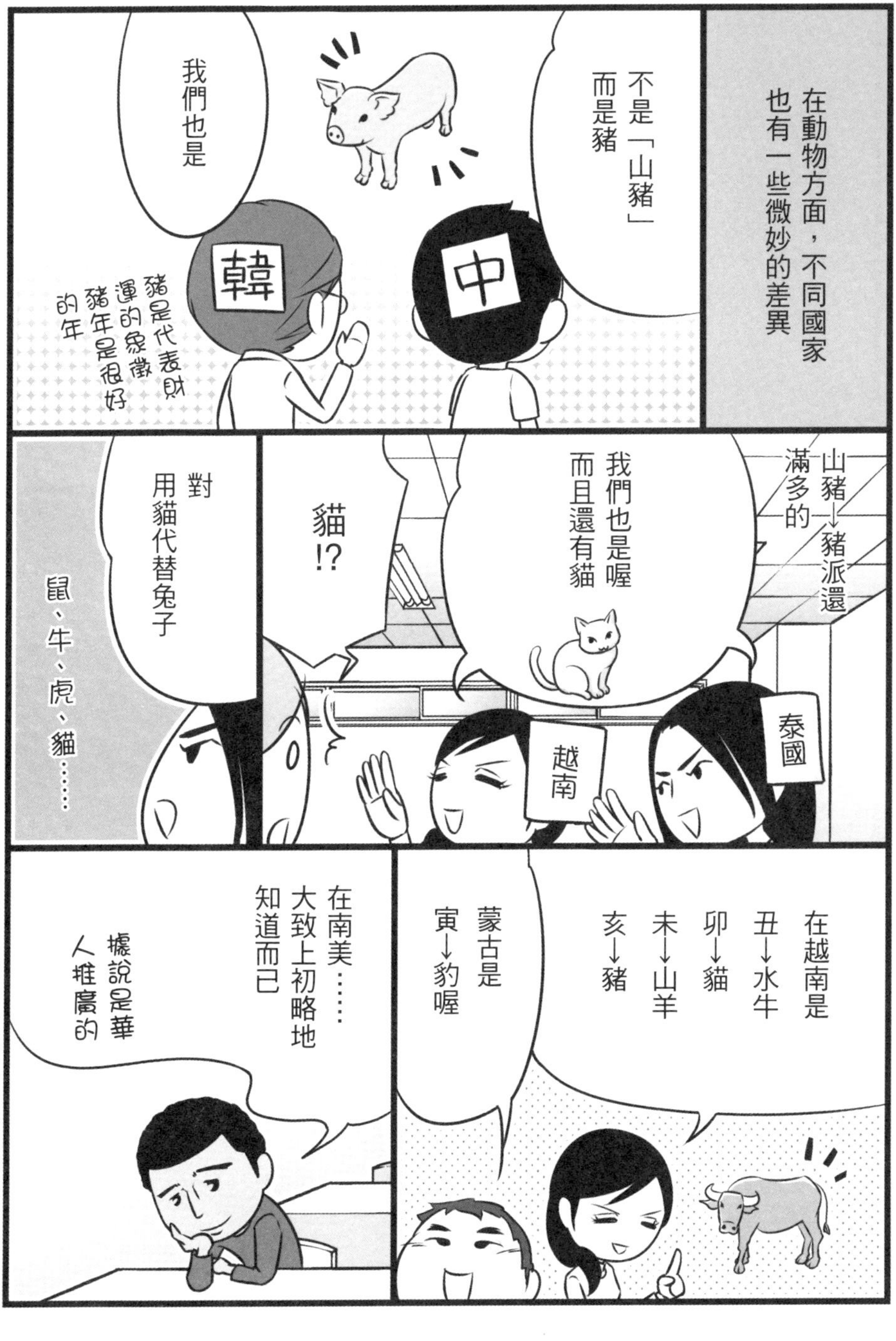
在動物方面，不同國家
也有一些微妙的差異
不是「山豬」
而是豬
我們也是
豬是代表財
運的象徵
豬年是很好
的年
山豬↓豬派還
滿多的
我們也是喔
而且還有貓
貓!?
對
用貓代替兔子
鼠、牛、虎、貓……
越南
泰國
在越南是
丑↓水牛
卯↓貓
未↓山羊
亥↓豬
蒙古是
寅↓豹喔
在南美……
大致上初略地
知道而已
據說是華
人推廣的

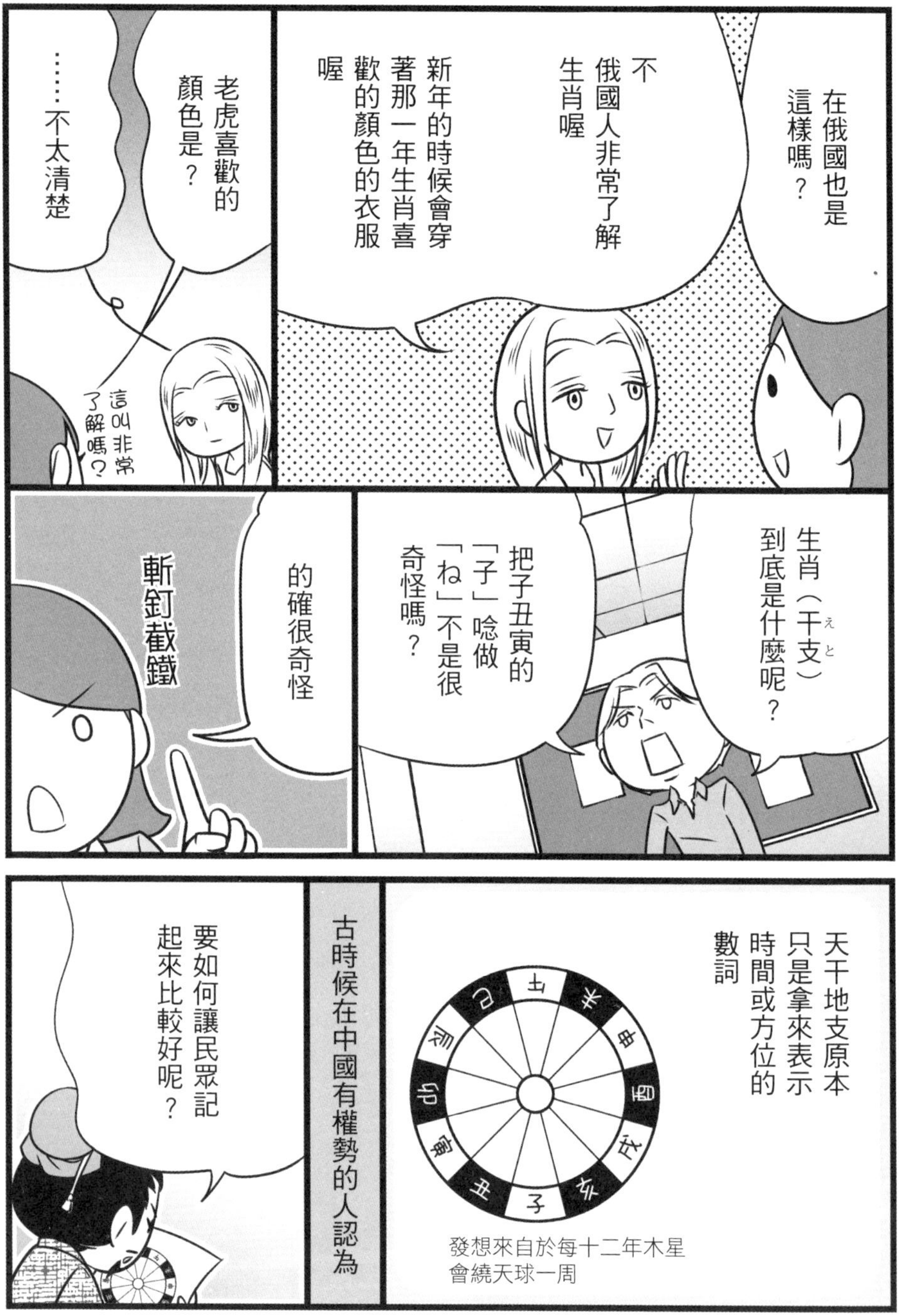
在俄國也是這樣嗎？
不
俄國人非常了解生肖喔
新年的時候會穿著那一年生肖喜歡的顏色的衣服喔
老虎喜歡的顏色是？
……不太清楚
這叫非常了解嗎？
生肖（干支）到底是什麼呢？
把子丑寅的「子」唸做「ね」不是很奇怪嗎？
的確很奇怪
斬釘截鐵
天干地支原本只是拿來表示時間或方位的數詞
子 丑 寅 卯 辰 巳 午 未 申 酉 戌 亥
發想來自於每十二年木星會繞天球一周
古時候在中國有權勢的人認為
要如何讓民眾記起來比較好呢？

對了!!
硬是將動物放進去不就很好記嗎？
這個想法廣受好評
因此傳到俄國或南美的……
沒錯
順帶一提
鬼的褲子為什麼是虎紋的呢？
那是因為有鬼的方位（鬼門）叫做「丑寅」
北
子
丑寅
卯
辰巳
午
未申
酉
戌亥
南
「丑」加上「寅」所以
牛
虎
果然愈是單純且直接了當的東西愈是能夠流傳到後世吧
原本不是要訓練大家「拐彎抹角勝於直接了當」嗎……
※うし（牛）、とら（虎）

認識日本的過年（摘自金氏姊弟的報告）

以「松」做為裝飾是平安時代以後的事了

……
不，肯定會搞混吧
迎接年神的準備
其他還有
しめ飾り※!!
在那之前
要大掃除
必須要整頓到能夠
迎接神明的狀態再
裝飾的樣子
那就來做吧!!
就來個一不做二不休
徹底地打掃到乾乾淨淨!!
燃
燒
隔天
東西
好多——!!
因為
你買
的啊
……
再隔一天
決定了!!
不要再增加
東西了!
亮
晶晶
因此我們
決定不買
しめ飾り了

※新年門飾

針對「おせち」（年菜）的部分我們也查了一下
「『おせち』原本是在季節變換的時候（節句）吃的料理現在只有在過年的時候享用」
せっく
來做這個吧!!
……太本末倒置了吧
應該沒辦法姊姊
用買的不就好了!!
食物的話又不會占空間！
鼓
掌
三十一日
走！去百貨公司!!
賣完了!?
每間都是!?
因為是預購商品……
所以我們放棄年菜改買蛋糕回家

一月一日
還有什麼事是過年會做的呢……
初詣（はつもうで）呢？※
聽起來很好玩 可是…… 很冷所以不要
在家可以做的比較好
這樣的話
「お年玉（としだま）」如何？年長的人要給年輕的人
那我覺得「お年賀（ねんが）」比較好 聽說是晚輩要送給長輩的
那就相互抵消吧？
鬆一口氣
我們的「日本風（にほんふう）」過年就這樣結束了
結果根本什麼都沒做嘛!!

【聯想遊戲】

※ おまわりさん（警察）

【過年的種種】

※因為在中國的過年是指舊曆年（每年都在不同日期）

ESSAY 06 >>>

小試身手！日本語測驗

J.TEST 實用日本語檢定

請在下列畫線部分添加適當的語彙後完成句子。

●底線的長度和字數無關。
●表記・文法有錯誤會扣分。
●用羅馬字書寫不予計分。

例）わたしはいつも＿＿(A)＿＿ながら＿＿(B)＿＿ています。

解答 >>> (A)テレビを見　　(B)ご飯を食べ

1●あっと＿＿(A)＿＿料理＿＿(B)＿＿。

2●＿＿(A)＿＿ならいざ知らず＿＿(B)＿＿わけがない。

3●＿＿(A)＿＿おきながら＿＿(B)＿＿とはけしからん。

解答 >>>

1) (A)いう間に　　(B)ができあがりました
2) (A)小学生　　(B)大学生が知らない
3) (A)自分で時間を指定して　　(B)遅刻する

除了「日本語能力檢定試驗」之外，外國人應考的日文測驗還有很多種，像「J.TEST實用日本語檢定」就是其中之一。和「日本語能力檢定試驗」最大的差別在於上述説明中提到有記述問題的部分。「J.TEST」分為針對中級～高級程度的「A～D程度測驗」和以初學者為對象的「E～F程度測驗」，依據各測驗的得分來當作程度的判定標準。

部分引用「J.TEST實用日本語檢定」的官方網站

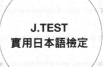

我的「日本語狀況」

身為日本語教師通常會被認為「知道所有關於日本的事情，而且日文的知識非常豐富」，但事實上並非如此。或許有人會說「沒問題！我什麼都能回答！」，不過我一定「不屬於」這一派的人。

初級或中級還好，如果是教高級班卻完全不預習，課程會很難進行，學生提出的問題也會愈來愈複雜，所以平時必須要眼觀四方增加相關知識才行。日本文化、日文相關的問題，如果沒有事先做功課，將面臨一提到專業問題就回答不出來的窘境。

舉例來說，和課程無關閒聊時：

「老師，我昨天在電視上看了相撲」

「你喜歡相撲嗎？」

「嗯，啊……老師，可以告訴我相撲的起源嗎」

「……呃……（汗顏）」

這種情況不勝枚舉。

ESSAY 06 >>>

當了幾年日本語教師自然而然就學到如何從這般窘境脱困的技巧（至於矇混是祕密），總之不知何時會出現何種問題，所以不論初級高級，就是不能夠掉以輕心。

像是「相撲的起源」，這種問題可以利用書籍或是字典查到，或是在網路上也有相關新聞報導，大致上沒有什麼太大的問題。

不過語言是活的，它會不斷地變化或更新，有時會發生學生們早就知道的知識，卻只有自己落後一大截的情況，全盤了解日文、日本文化是不可能的事，但我認為對於各種事物保持興趣並增加知識是非常重要的。

日本化小語

感覺到「疊化」的時候——⑥

放入紙鈔到自動販賣機中

即使機器說話或是發光也不會驚訝時

※義大利的自動販賣機幾乎都是壞的所以根本不敢放紙鈔進去。

第7章

世代傳承

來個令人印象深刻的自我介紹

接下來也請大家想想看
冷笑話嗎？
不是不是
「經過設計的自我介紹」啦
加上跟自己的名字有關的故事也可以
中國人
福同學的情況
我姓福
幸福的「福」
很棒的名字
可是……
即使當上社長還是フク社長呢!!
韓國人崔同學
我叫崔・ハヌル「ハヌル」沒有漢字
所以以後請叫我
韓国は最近漢字のない名前もあります

※「福」和「副」都唸做「フク」

香奈兒
謝謝
為什麼!?
因為很喜歡
香奈兒
太隨性了……
蒙古人的
情況
我的名字是
オユントゥル
フールムンフ
ジャルガル
……到哪裡為止
是名字，姓又是
從哪裡開始？
並沒有姓氏※
在蒙古我們會把自
己的名字和爸爸的
名字串在一起
オユントゥルフール是我的名字
而ムンフジャルガル是我爸爸的名字
俄國人
在俄羅斯即使
是同一家人
依性別的不同
姓氏也會跟著
改變
我是
タチアナ・
イワノワ
而我的
弟弟是
イワン・
イワノフ
是喔——
杜斯妥也夫斯基的
太太叫做杜斯妥也
夫斯卡

各式各樣的學生令我見識到印象深刻的事
芬蘭人
有很多芬蘭人的名字對日本人來說聽起來很奇怪
啊啊……我記得有個叫「アホネン」※的滑雪選手
パーヤネンさん※和ミンナ・アホさん※也有喔
我朋友的名字叫
還有シッポさん
「ヘンナ・パンツ」※さん
美女♡
呃
但這位同學的名字卻一直想不起來
有可能是太有震撼性了

※與パーヤネン關西腔的「真是笨蛋」同音

※ミンナ・アホ音同「大家都是笨蛋」

毫無章法的萬葉假名

大家覺得這三項出現的順序為何呢？
平假名
片假名
漢　字
大部分的學生會這樣回答
①平假名
②片假名
③漢　字
正確答案是這樣!!
①漢　字
②片假名
平假名
幾乎是同一時間出現
驚訝
為什麼是從漢字開始呢？
說明這段歷史前
請想像一下
在你面前出現外國人的情況
外、外國人!?
我的名字叫做ポヨコペン

ポヨ……？
要怎麼寫呢？
沒辦法寫
因為我們的語言裡
沒有文字
這種時候該怎麼辦？
總之先用片假名
把音寫下來吧
ポヨコペンさん
會這麼做
對吧？
這種情況在還沒有
文字存在的遠古日
本發生
女王的名字
叫做ヒミコ
中國人
ヒミコ啊……
用中文寫起來
才不會忘記
卑
你在做什麼？
日本人（會說中文）
我把日文的發音
用中文寫下來啊
卑……彌……呼？
ヒミコ※
是這樣寫啊

※明明是女王卻使用「卑」這個漢字，據說是取這個字的發音

當時有不少高官都會說中文
這種方法漸漸流傳開來
和
AIUEO
寫做
阿伊宇愛於
將
全部用漢字寫的「萬葉假名」在七世紀左右誕生了
還有一部分
山上復有山
這是什麼？
這一連串唸作「出(ご)」如何？
好酷～
「山的上面又有山」變成「出(ご)」啊!!
聰明～
因此也出現玩文字遊戲的人們
問題
請回答以下萬葉假名的唸法
①蜂音
答：「ぶ」因為蜜蜂拍動翅膀是「ぶ」的聲音
②八十一
答：「くく」因為九九八十一
像這類的東西稱做戲書

※讀成「よろしく」，是日本暴走族玩的文字遊戲

【嶄新的做法】

※此時則是音讀

【乾淨嗎？】

※癖的訓讀唸成「くせ」

ESSAY 07 >>>

小試身手！日本語測驗

日本語教育能力檢定測驗

就(1)～(4)【　】內寫的觀點來看，各選出1個和其他選項不同性質的詞彙。

1)【女房詞】
①おひや　②しゃもじ　③あたりめ　④おつけ　⑤ひもじい

2)【アルファベット表記の略語】
①JR　②NHK　③NTT　④ANA　⑤JAL

3)【慣用句】
①目が高い　②目がある　③目が肥える　④目が出る　⑤目が覚める

4)【読み方】
①空　②雪　③本　④蝶　⑤鳥

解答 >>>

1) ― ③「あたりめ」是取代影射不吉利意思的詞。
※原是するめ（魷魚絲），是訂婚儀式的聘禮但音似「する（掏る）偷錢」，不吉利所以以「あたりめ」來代替
2) ― ②「NHK」是「NIPPON HOSO KYOKAI」的簡稱，其餘的是國名NIPPON＋英文或是全部都是英文。
3) ― ⑤只有「目が覚める」同時有具體的動作也被當作慣用句使用。
4) ― ④「蝶」只有音讀的「チョウ」一個唸法而已，其餘的是音讀、訓讀皆有。

「日本語教育能力檢定試驗」是有許多日本語教師或是未來想要成為日本語教師的人應考的測驗。

「外來語」的故事

前幾天，在教室裡全都是中國人的班級上了「片假名」的課，不僅是中國人，對於大部分的外國人來說片假名似乎都被視為大麻煩。不過片假名是不可或缺的，縱使抱怨也會乖乖記起來。但是出現令人搞混的詞彙，大家還是忍不住抱怨「日本人太濫用片假名了，應該要多用自己國家的語言才對！沒錯，漢字比較好」。在中國說テレビ是「電視」，パソコン就是「電腦」，一看到文字大概就能夠猜到它的意思，的確滿好懂的。

不過，在中文裡也有像「コカコーラ↓可口可樂」這種把直接音譯外來語的情況（在日文裡也有像這種把外來語音譯後用漢字表記的詞彙。例如：浪漫【ロマン】等），所以就問他們「難道中文裡完全沒有外來語存在嗎？」，結果大家經過深思熟慮後回答「有的」，心想「什麼嘛─明明就有嘛！」的同時也問出了好幾個中文的外來語。

接下來是提問。下列的詞是中文的外來語，指的是（日文的外來語）什麼？

①迷你　②沙發　③巧克力

雖然中文的外來語的數量不像日文的這麼多，不過仔細找的話會發現有不少呢。還請教了其他詞彙，令我驚訝的是「T恤」，看似好像很可怕的漢字…答案是「Tシャツ」。一邊寫在白板上，一邊問「好可怕喔，這個漢字，為什麼會用這個漢字呢？」，得到的回答是「老師，重點是發音，和意思無關喔」。仔細想想要找出發音和意象都相近的漢字是非常困難的事情，當中國的老年人見到看不慣的漢字組合也會覺得「這是什麼啊？」而苦惱吧。像是「ソリューション」（solution）或是「イノベーション」（innovation），連我自己都沒有完全搞懂意思，卻得在心驚膽跳下教著片假名，所以對我來說片假名也不有趣呀。

※「恤」乍看之下好像很恐怖，其實是「擔心、同情」的意思。

【題目的答案】①ミィニィ〔mini〕→ミニ
②シャファ〔sha fa〕→ソファ
③チャオクゥアウリー〔qiao ke li〕→チョコレート

日本化小語

感覺到「疊化」的時候——⑦

看到外國人會心想「啊！是外國人耶」的時候

第8章

點與圈

濁音的點點是從哪裡來的

GA	KA
我 賀	可 架 加 香
GI	KI
祇 義	吉 貴 紀 岐
GU	KU
具 愚	久 苦 九 鳩

那平假名要怎麼辦？要怎麼區別呢？
不用區別也沒差啦
咦？那「柿」是「かき」「鍵」也寫成「かき」嗎？
對
不會混亂嗎？
多少會吧
不過依照前後文來判斷就沒問題吧
當用平假名寫成「かき」的時候也分不清是「柿」還是「牡蠣」不是嗎
而且不區別五十個音就夠用了不過又追加濁音用的平假名會變成七十個音呢
很麻煩
的確是很麻煩
清音50音
+
濁音(カ・サ・タ・ハ行)
20音
像這樣在平假名中不分清音和濁音的主流出現了

※因為沒有區別濁音，因而可以衍伸為「不好意思問」和「不容易乾」兩種意思。

發現好方法了
運用這個公式來應用吧
〈KA〉是「か」〈GA〉是「が」這樣標記就好了嘛
這個「濁音用更好懂的記號來標記」的提案比起「不需要濁音依上下文來閱讀」的提案還要更受重視
「濁點」漸漸流傳開來，到今日演變為日文中不可或缺的要素
來到昭和時期就連法條中也出現濁點
大日本国憲法
～ハ神聖ニシテオカスヘカラズ
以前的法律中沒有使用濁音的「ﾞ」是因為認為「什麼都不加」比較正式
不過唸法是「べからず」
——有這麼深遠的歷史背景到底要怎麼解釋才能符合他現在的程度呢
煩惱
維何？
為何？）
為蛇瞙
（為什麼
初級
被問問題時我會盡量盡全力回答
不過要配合對方的程度來解釋還是非常不容易

令人意外的半濁音發明者

古時候的假名中並沒有「點點」
所以想當然而在「ぱぴぷぺぽ」（半濁音）添加的「小圓圈」也不存在
那麼到底是誰想出來的呢
居然是
十六世紀來自葡萄牙的傳教士們
這就是日本啊～好～快點來宣揚基督教!!
在那之前要先學日文啊
不然你要怎麼宣教啊
呃
沒有教科書、也沒有字典啊
我們必須從製作教科書開始啦

他們不斷進行日文研究，發現「在日文中沒有標示半濁音的假名」
這要怎麼唸？
は・れ
はれ
這個呢？
あっぱ・れ
あっはれ
同樣都是「ハ」為什麼一下子唸「HA(は)」一下又唸「PA(ぱ)」……
對耶
到底要怎麼區別啊
憑感覺
直覺
說憑「直覺」我們學不會啦
驚！
這個記號是!?
いかた゜
つくります

※唸成いかだ

※鑄型屋／鑄模店

——啊啊這個啊
我這裡是鑄型屋※可是如果寫いかたつくります的話常常會被誤以為是做竹筏※的
這個圓圈
不是「いかた」而是「いかだ」才對!!
所以是為了強調才加上去的囉
表示「た゜」不是「だ」的記號——
原來如此——當發音不好懂的時候加上記號是很好的idea呢!!
我就拿這個「小圓圈」來當做半濁音的符號吧!!
如此一來我們製作的字典也會變得更易懂!!

這個方法被傳開來之後就變成正式的日本語了
傳教士費盡心思製作的字典則成為研究古代日文的珍貴資料
謝謝你葡萄牙人
日葡辭書
而在這裡有一位如當時的傳教士被半濁音煩心的男士
消沉
你怎麼了？
老師……你知道我想要什麼東西嗎
逼近
コ、コピー機※？
沒錯……我在自我介紹時是這麼說的
我最喜歡的東西是コピー!!我的夢想是想要買一台好的コピー的機器擺在家裡!!
原本是打算說コーヒー的……（咖啡）
想要放影印機在家是有多怪咖啊……

※影印機

【讓人在意的「き」】

平假名的「き」有
き 連起來
き 沒有連起來
那一個才是正確的呢
兩個都對喔
原先是き
不過き也OK
啊……
這種曖昧的狀況不太好
日本人處事態度都很曖昧
老師請你馬上統一起來!!
我才沒有這種權限呢

【苦肉計】

片假名小考時設計了空格填入共通詞彙的題目
〈問い〉
・好きな人に○○○○○をわたした。
・誕生日○○○○○をもらった。
〈答え〉
プレゼント
學生寫的答案
オミヤーゲ
※

※其實是「おみやげ」伴手禮的意思

ESSAY 08 >>>

小試身手！
日本語測驗

異字同音・同音異義詞

下列文章中的哪一個漢字較適當？
請選出正確的選項。

1) 先輩からサッカー部に入るようすすめ【**①進め　②勧め**】られた。

2) 彼は頭がかたい【**①固い　②堅い**】から説得するのは大変だよ。

3) 彼がこの劇団のしゅさい【**①主宰　②主催**】者だ。

4) 相手をかしょう【**①過小　②過少**】評価していると痛い目をみるぞ。

5) じき【**①時期　②時機**】到来だ。今やるしかない。

解答 >>>

1) ─ ②
誘導人們去做某事。①是讓對方向前走。

2) ─ ①
型態堅固不易變形。②是內部塞滿的意思。

3) ─ ①
營運管理。②是處理事務或統籌的核心人物。

4) ─ ①
太小了。②是太少了。

5) ─ ②
從事某事的良機。①是那個時候，期間。

參考：《新しい国語表記ハンドブック》，三省堂。

日文很難嗎

「日文是世界上最難的語言嗎？」

這是常常被問到的問題。以文字來說，確實是要使用平假名、片假名、漢字等很多種類，加上又有尊敬語、謙讓語等聽起來有點麻煩的部分，不過對於身為日本語教師的我來說，見識過各國、各地區的學生，他們到頭來都是只在日本語學校學了一年，在根本不太會說日文的狀態就畢業了……這種學生到目前為止都沒有出現過。當然日文的程度到哪裡和學生本身的學習意願和時間有相當大的關係，但經過半年到一年學習期間擁有日常會話的能力後，說日文是很難學的語言恐怕說不過去吧（不論是什麼語言，只要每天都使用的話就會相對地進步才是）。

另外，每位學生想要到達的程度也因人而異。

有些學生在上完初級的教材後就會說「我能達到這個程度就足夠了」，就離開學校了，那位學生的目標就只是「擁有能買東西的會話能力」。

相反地，也有學生是明明就已經通過日本語能力測驗一級，卻說「不論有多用功讀書，都還是一直出現不懂的地方」而持續學習。

譬如說「敬語」常常被認為很「困難」，不過它的難度也是有階段性的。對於「敬語」沒有自信的人，其實只要在句尾加「~です」「~ます」也是有禮貌的說話方式。

但如果想要「更加」靈活使用敬語的人，就要學習尊敬語或謙讓語。如此一來，還要記憶使用的場合、對象和語彙也更加提升其困難度了。再加上在日常生活中不會用到的人來說，即使學會了也馬上就忘記，也就更無法隨心所欲地使用敬語了。

所以依照你設定的目標和目的的不同，日文的「難易度」也會跟著改變。

日本化小語

感覺到「疊化」的時候——⑧

不自覺說出模稜兩可的答案

※以前在俄國時會明確地回答「ダー【da-／是】」「ニェート【nye-to／不是】」。

第9章

注意！有恐怖的故事喔

吉凶之兆

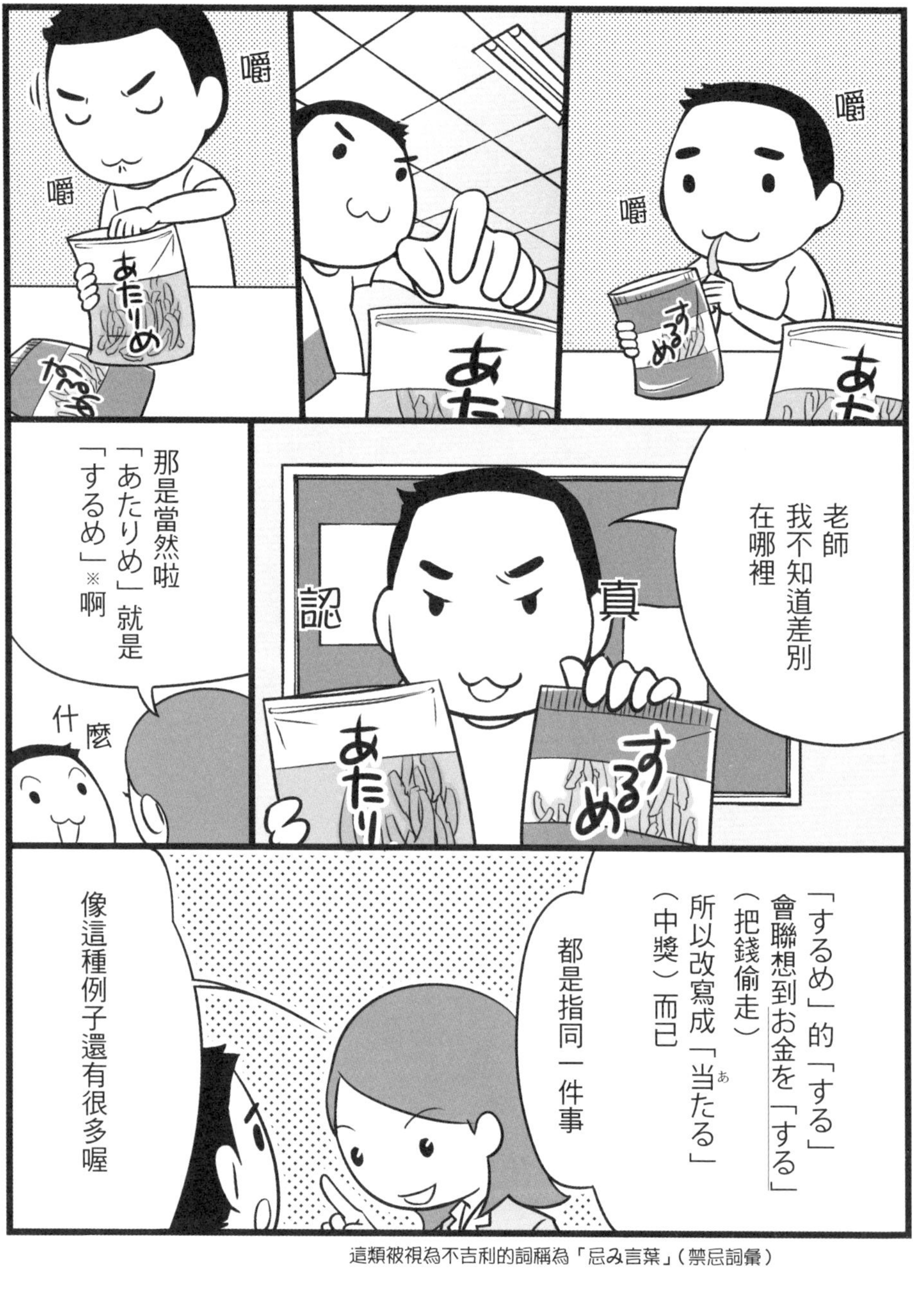

※するめ（魷魚絲）

※請見一〇一頁

這類被視為不吉利的詞稱為「忌み言葉」（禁忌詞彙）

禁忌詞彙的例子
葦 ← ヨシ
悪し（不吉利） ← 良し（吉利）
サル ← エテ公
去る（遺失） ← 得る（得到）
シネマ ← キネマ
死ね（去死） 電影
キネマ旬報 3
Ree!
婚宴時不說「終わり」（結束）而會改說「お開き」是同樣的道理
過年切麻糬時會說「鏡み開き」對吧
才剛過年避免說「切る」（切）「割る」（打破）
啊啊!! 中國也有類似的
饅頭裂開時不說「破了」而會改說「笑了」
雖然是很古老的說法
不管哪個國家都和迷信多少有關係囉
——嗯嗯
不過

中國的饅頭＝「人頭」的意象，因而避開「割れた」（破了）。

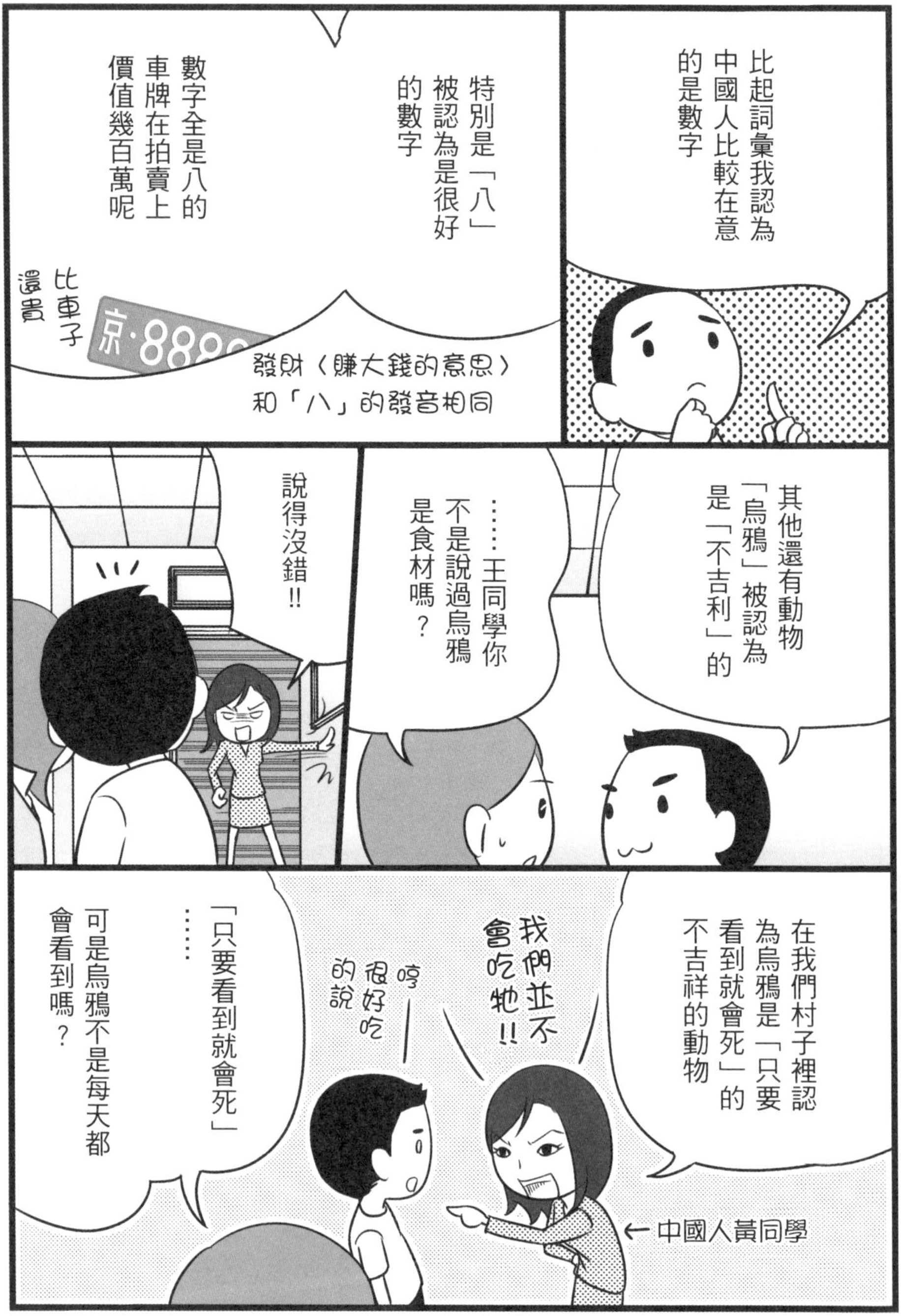
比起詞彙我認為中國人比較在意的是數字
特別是「八」被認為是很好的數字
數字全是八的車牌在拍賣上價值幾百萬呢
比車子還貴
京·888
發財（賺大錢的意思）和「八」的發音相同
其他還有動物「烏鴉」被認為是「不吉利」的
……王同學你不是說過烏鴉是食材嗎？
說得沒錯!!
在我們村子裡認為烏鴉是「只要看到就會死」的不吉祥的動物
我們並不會吃牠!!
哼──很好吃的說
「只要看到就會死」……
可是烏鴉不是每天都會看到嗎？
←中國人黃同學
中國真的很大

在中國完全看不到烏鴉呢
剛到日本時好驚訝喔
點頭
這樣啊
被視為不祥的鳥類所以被驅除了吧
不是被吃掉的嗎!?
喂!!
嚴肅
烏鴉是真的很可怕!!
在我們村子有人一看到烏鴉就死掉了!!
是什麼樣的人去世了呢？
村子裡最年長的人
那是年紀到了啦

鬼故事

七月
已經夏天了——
在日本一提到夏天就會想到怪談(かいだん)
鬼故事
為什麼!?
全班聯手起來虧我嗎?
感到害怕時會背後發涼不是嗎?
據說是因為在歌舞伎中怪談被定為夏季劇的緣故
哼……在英國，怪談是冬季的詠景詩呢
在中國的電視是不會播放鬼故事的
驚悚電影也幾乎不會有
國情大有不同，不過對於鬼故事有興趣的人還滿多的
請大家聽聽我的親身經歷
——那大概是在我叔叔過世後沒多久的時候
半夜不經意地看廚房時發現
啊 叔叔在喝水

不過仔細想想叔叔早就已經過世了啊!!
再看的時候就消失了
沒有免疫導致過度反應的中國人們
請問……剛剛的故事有哪個部分有值得尖叫的啊？
尖叫——!!
不可怕嗎？那請你說說看日本的故事吧!!
那麼來說「無耳芳一」的故事
~為了不讓怨靈發現全身用經書寫滿的芳一在打坐時……
從遠處傳來喀響喀響的聲音
老師那是鋼彈嗎？
怎麼可能有這種東西跑出來
喀響
喀響
老師講的故事一點都不可怕
那是因為你們說什麼鋼彈才……

出自白川静《字統》

那麼就來個真正恐怖的故事吧
道
大家知道為什麼「道」這個字裡為什麼有用到首這個字嗎？
古代中國有一說，驅魔時有拿著首級走在路上的習俗
道
驚訝
「取る」為什麼帶有耳字的原因是
不祥的預感
戰亂時切下耳朵做為打倒敵人的證據
取
「又」是手的的意思
還有「県」這個字是現在已經不存在的「キョウ」
「県」
衍生出來的說到這個字沒想到居然是
將首級倒掛的象形字
意涵是「斬首示眾」
這個部分是頭髮
這次換歐美人們大騷動
尖叫
另外還有……
呀──
不要再說了

幾天後
再和來自迦納的友人派普吃飯時聊到鬼故事
在迦納也會說鬼故事喔
是喔！什麼樣的？
首先幾乎沒有什麼照明所以非常地暗
伸手不見五指
在這種情況下圍繞著燭光說著鬼故事時
低語
喃喃
後方的黑暗中竟傳出
野生動物的叫聲……
吼—
迦納的鬼故事真的很可怕
好可怕
不過真正恐怖的是那個場面
我認為最可怕的是活生生的東西

【從窗戶看到的東西】

聽說你搬家了？新家如何？
非常漂亮
——不過
從窗戶會看見死人
什麼!?
仔細問了之後發現
其實是看得到墳墓
是過世的人在裡面沒錯……可是……

【萬能的一句話】

弔唁時會說「ごちそうさま」※對吧？
※我吃飽了
是「ご愁傷さま」※
しゅうしょう
※節哀順變
不過只有在佛法的喪禮時才會用喔
有沒有萬用的一句話呢？
有
「この度は……」之後就含糊帶過
たび
這很好用
喔——

ESSAY 09 >>>

小試身手！日本語測驗

敬語測驗②

以下的信是上司送相片集當做伴手禮時的回禮謝函，
______的部分使用（____）的詞彙填入適當的敬語。
適當的說法不局限只有一個。

前略

無事 **①（帰国）** とのこと、何よりと **②（思う）** 。
さて、お土産に **③（送る）** 写真集、どうもありがとうございました。
早速、 **④（見る）** ました。とてもすばらしい景色で、感動いたしました。
次回、あちらに **⑤（行く）** ときは、是非、
私も **⑥（誘う）** くださいませ。
今度、また私の家にもゆっくり遊びに **⑦（来る）** ください。
楽しみに **⑧（する）** 。
これからますます暑くなりそうでございます。
どうぞお体を大切に **⑨（する）** 。
まずはお礼まで。

草々
8月1日
大島幸一

解答 >>>

①ご帰国　②存じます　③お送りくださった
④拝見し　⑤いらっしゃる　⑥お誘い
⑦いらして　⑧（いた）しております　⑨なさってください

引自：小川誉子美、前田直子《日本語文法演習　敬語を中心とした対人関係の表現―待遇表現―》スリーエーネットワーク

吉祥物

當新年接近時，經常出現年菜或是護身符等是否吉利的話題。說到「吉祥物」會想到什麼呢？在日本也有很多吉祥物，我也在課堂上請學生們介紹自己國家又什麼樣的「吉祥物」。

●豬：一次會生很多隻所以象徵富庶，據說在中國、韓國、歐洲等多數國家都很受歡迎。在日本好像也流行過紅豬的存錢筒呢。

●兔子：也是多胞胎，因此在歐洲被認為是子孫滿堂而備受歡迎，在日本的話是有「（讓運氣）躍升」的意思。

●貓頭鷹：在日文的發音和「＝不苦労（ふくろう）」的相同，被視為很吉祥的動物，在歐洲則被視為「智慧的象徵」。

●馬蹄鐵：被裝在馬蹄上的蹄鐵，在歐洲是被當作「驅魔」「招來幸運」的東西。

提到日本的吉祥物應該就會想到「招財貓」「葫蘆」「青蛙的擺飾」（＝平安歸來、錢財會回來）吧。（回來＝かえる、帰る、返る和青蛙的日文發音相同）當我說明「招財貓有『招來客人』的意思，所以很受歡迎喔」時，中國人和韓國人露出非常驚訝的表情說「貓在日本很受歡迎嗎」。一問之下，發現原來在中國或是韓國對於「貓」的印象不太好，在歐洲似乎也不太受歡迎的樣子（當然喜歡的人也不少啦）。

仔細想想，在全世界都不被喜歡的「烏鴉」，在日本被視為「神明的隨從」，因此還是足球日本代表隊的象徵物。在中國蝙蝠的「蝠」字和「福」意思相通，也被認為是招來幸福的象徵。在歐洲則認為「瓢蟲」是吉祥的昆蟲。把全世界的東西都調查一番的話，搞不好所有東西都能夠被認為是「吉祥物」吧。

日本化小語

感覺到「畳化」的時候——⑨

有勇氣打敗又黑又大的ウシ（牛）時

第一次看到的時候還去找相機
不過現在是キンチョール※
那不是ウシ（牛）應該是ムシ（蟲）

※殺蟲劑的商品名

第10章

在課堂以外

克菈菈的近況

當時，克菈菈住在宿舍

有了!!
失恋【名】
恋する思い
または拒絶さ
原來如此寫成「失去戀愛」啊……
在德國的大學是專攻日文，所以看得懂漢字
你那臉怎麼了？發生什麼事了嗎？
就是現在!!
失恋（しつこい）※
這位朋友有好一段時間都不跟我說話
現在在睡夢中都是雙語播放的克菈菈也有這種過去喔
Danke!
ありがとう
會跳出字幕
唉～現在也是有一堆不懂的地方啊
像是家族之間的稱呼

有小孩的女性會叫自己的先生
「爸爸」
對吧？
明明就不是父女
如果就照著
這是姊姊和爺爺
聽到這樣的稱呼來想像家庭關係圖的話
祖父
父
？
姊
我
會完全搞不清楚狀況
這種稱呼如果有規則的話還真想了解一下
有啊
規則是「以家族中最年幼的人的視線來稱呼」
例
父
母
姊
（我）
ぼく
僕

──啊啊!!
難怪會對小男孩說「僕」啊!!
ボク(小朋友)你怎麼啦?姐姐呢?
感覺舒暢多了謝謝喔
不好意思
──聖誕節?あいていますけど……
──啊好謝謝
好好喔
好什麼?
聖誕節相手いるんでしょ?(有人陪,不是嗎)
嗯所以很閒啊
剛剛的該不會是說「空いています」吧?(有空)
我聽起來像是「相手います」喔!
什麼!意思是我剛剛拒絕約會了嗎?
語言真的很難……
癱軟
無力

教學相長

在學校的話只用日文來教，不過個別指導的課程有時會用一些英文

韓國也是

大失敗
對不起
我重頭來過
失敗的原因是肢體語言
美、歐表示自己的時候會指自己的胸口
老師是指著鼻子所以我以為是在講「鼻子」
鼻子呢不是「わたし」而是「はな」
ハナ
順勢教著身體部位時出現了很細微的問題
這裡呢？
二の腕（手臂）
那這邊是一の腕？
呃
雖然「一の腕」這個單字是存在的，不過
查字典後發現它的解釋是「從肩膀到手肘之間的部分」
也就是和二の腕一樣的部分

原本分別是
一の腕（いちのうで）
二の腕（にのうで）
這樣的稱呼但不知從何時開始誤用的情形漸漸變成常態於是形成現在的情況
費盡唇舌說明了之後
那那手臂這個軟軟的地方呢？
俗稱振袖（ふりそで）（蝴蝶袖）
在意的是這個部分啊
第二天
熟了就開始聊戀愛話題
老師你單身嗎？
啊啊對啊
我也是耶～不過我男朋友都吵著說要跟我結婚
我希望還是保持自由之身!!
搞不好接下來會遇到真命天子也說不定!!
還真可愛
相信真愛的女性艾莉莎（七十歲）
這麼可愛的艾莉莎在今天就要說掰掰了

老師
如果你來
紐約的話
來找我玩
吧
這是
名片
ACTRESS
女演員
!?
你是
女演員喔？
我一直以為
是歌手
唉唷
現在是歌手啊
女演員我的夢想!!
超樂觀的人生
接下來就是!!
登——登
最後我有
一個請求
我有一句話
是每一次在
分別時用來代替
「Good Bye」
你可以幫我
翻譯嗎
哪句話？
KEEP SMILING!
來！日文是？
い、
いつも
笑顔で!!
老師
いつも
笑顔で!!
笑容!!
反而是讓我學到
很多的一堂課

【翻成日文了 可是……】

※德國酸菜

甘藍（カンラン）：高麗菜的別稱

【奇妙的能力】

EXAMS 10 >>>

小試身手！
日本語測驗〈番外篇〉

※雖然寫成考試，不過並不是真的考試。

來看看捷克的教科書吧！

介紹這本書給我的捷克人豪利說：「捷克人很喜歡黑色幽默喔。」捷克真是個有趣的國家。

1) 「A（し）て、Bする」的句型

▶おじさんはあさしん聞をよんで、午後おどりました。
Strýček si ráno četi noviny a odpoledne tančil.

（叔叔早上讀報紙後，下午跳舞）

2) 使用「かう」這個動詞的句子

▶いなかのおじはうしもひつじもかっていますが、
ぶたはもうかっていません。
Strýček na venkově chová krávy i ovce, ale prasata už nemá.

（鄉下的歐吉桑有飼養牛隻和綿羊，但不養豬）

3) 似乎是大家在吃「うなぎ」（鰻魚）的樣子

Iveda　おいしいですわ。（好好吃喔）
雪子　ここのうなぎはやわらかいです。（這家的鰻魚好柔軟）
Iveda　それにこのひでんのたれがさいこうです。（而且這裡的祕傳醬汁真的太棒了）
Roman　うなぎはおいしいですね。（鰻魚真是好吃呀）
俊介　生のうなぎはきもちわるいですが…。本とうにおいしいです。
（雖然活的鰻魚感覺很噁心……但真的好好吃）
Roman　やあ、このスープもおいしいですね。（呀啊！ 這湯也好好喝呀）
俊介　これは「きもすい」です。うなぎのきもが入っています。
（這是「肝吸い」〔內臟清湯〕，放進了鰻魚的內臟）
Iveda　きもですか。（內臟嗎？）
雪子　はい。かんぞうです。けれども大じょうぶですよ。
あまりあじはありませんから。
（是呀，是肝臟，但是不用害怕，因為不會有怪味）

引用：Dita Nymburská
Denisa Vostrá
Mami Sawatari《Japonštzina》（初級日本語）
——LEDA 2007

畢業生談「日本」

我任教的日本語學校是兩學期制，所以入學是四月和十月，畢業則是三月和九月。有很多學生是為了升大學所以都在三月畢業，而去年九月則是準備回國或是決定念研究所的學生們紛紛畢業離校。這是一位來自中國的O同學的故事。O同學大學休學後來到日本，再回到中國時是四年級，所以寫完畢業論文後即要開始找工作。她來日本前訂定的目標是「希望日文能夠更進步」和「體驗日本的生活」。當我問說「目標有達成了嗎」時，她閃爍著雙眸點了點頭。首先是兩度通過日本語能力測驗一級，其中一次還得到非常高的分數，這個經驗給予O同學非常大的自信心。

接著，「日本的生活」也遠比預期的還要有趣，她說從中學習到的東西真的很多。在中國打工的大學生非常少，在日本卻是家常便飯。如果向在中國的家人說「我在打工」，似乎都會回以「零用錢不夠嗎？我們會給你，不要打工了！」。據說「在中國『打工的人』就等於沒錢的人，所以予人印象不太好」。當我問「那中國的大學生都一直在讀書嗎」時，O同學笑著答說「不可能全都是這麼認真的人啦，老師你知道的」。她說，雖然打工的過程中不全然愉快，但回想起來的確有些事情是藉由打工的經驗才了解到「日本」或「日本人」的。

ESSAY 10 >>>

打工的便利商店店長，每回連休的時候就帶著她和家人一起去玩；來店的客人也會很親切地教導「不正確的日文」；亦或是對於得丟掉還能吃的食物感到可惜，但卻不得不依公司規定丟棄。最初看到有便利商店雜誌區感到很新鮮，還傳照片給在中國的朋友（不過第一次看到有成人色情雜誌時，一度還想要辭掉便利商店的工作）。當然可能還有很多不好的經驗，不好意思讓我知道吧，不過聽到她說「很喜歡日本，還像要再來」，我不禁鬆了一口氣。

我想像她這樣能夠過著理想留學生活的學生並不多，不過聽到這樣的例子時真的是很高興，從今以後也要為了讓更多學生能夠由衷地說出「很喜歡日本」而努力才行！

日本化小語

感覺到「畳化」的時候——⑩

當自畫像發生變化時

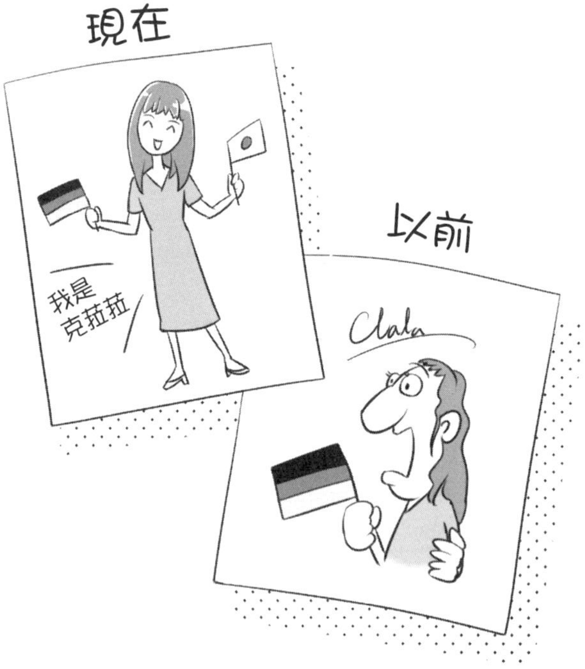
現在
我是
克拉拉
以前
Clala

第11章

番外篇

Q. 你學日文的理由是？

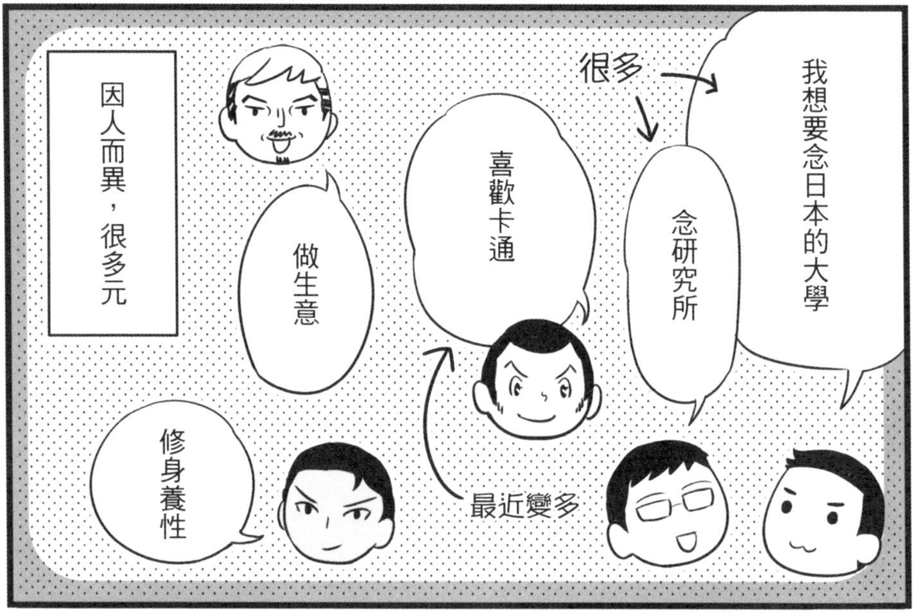
我想要念日本的大學
很多
念研究所
喜歡卡通
做生意
因人而異，很多元
修身養性
最近變多

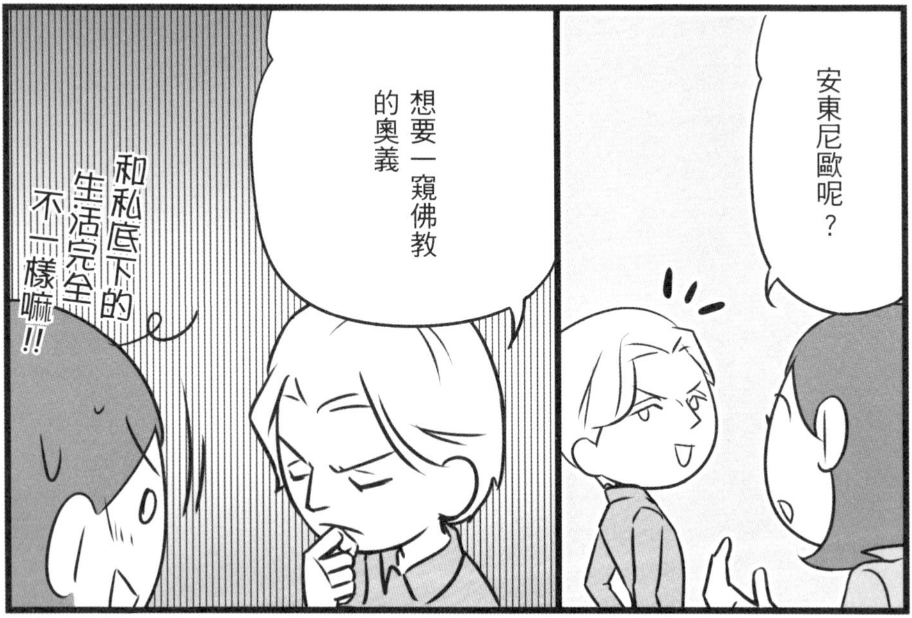
安東尼歐呢？
想要一窺佛教的奧義
和私底下的生活完全不一樣嘛!!

Q.你打算在日本待多久？

日本語學校的學生若是就學生簽證最長可以拿到二年※其他……
短期
一星期
長期
除非被公司炒魷魚否則一直都在
※二〇〇九至今
我馬上就要回去了
蛤！那要趕緊來辦告別式才行!!
こくべつしき
不要鬧出人命啊
淚水的餞別
如果是觀光，可以很輕易地來玩不過也很快說再見
最長三個月
不過分別得快的人
意外地又會很快再相見
嘿嘿
我又來了

Q.來到日本感到驚訝的是？

Q.覺得來到日本是值得的嗎？

我媽媽是日本人
可是在我小時候就分開從此沒下文了……
特別演出：美國人BB（蛇藏的朋友）
媽媽的事情還有日文也忘得一乾二淨了
卻在待在日本的某一天
痛いの痛いのとんでいけ※
如閃電般的記憶湧出
這我聽過!!
媽媽有對我說過!!
我會說了
「痛痛飛走了快飛來媽媽這裡吧」對吧？
你媽媽真的很愛你呢
能夠再次記憶起媽媽的回憶所以我認為來到日本非常值得
BB敬上
障礙
因為想起的日文全都是嬰兒用語
あっブーブーきた
※啊車車來了
租用車

番外篇

卡翠琳老師的事件簿

【新學期第一天】

【在抽籤區】

看得懂嗎？
沒問題
那邊也有……
看得懂嗎？
看得懂
是日本人

【恐怖的整形美容】

ボトックス是什麼？
是一種整形美容
在臉上注射ペスト菌除皺
ペスト菌※!?
不會死嗎？
並不會死喔
現代醫學的進步
真令人佩服呢
是肉毒桿菌（botulinus）啦
你以為ボトックス的「ボ」是什麼啊
啊啊啊講錯了!!

※鼠疫桿菌

【卡翠琳老師有看到】

【老師的評價】

※キライ（討厭）キレイ（漂亮）

【參考文獻】

『新しい国語表記ハンドブック』 第五版(2005)
●三省堂編修所／三省堂

『国語大辞典』(1982)
●尚学図書／小学館

『新明解国語辞典』 第五版(2000)
●金田一京助、山田忠雄(主幹)、 柴田 武、酒井憲二、倉持保男、山田明雄／三省堂

『大辞林第三版』(2006)
●松村 明／三省堂

『似た言葉使い分け辞典—正しい言葉づかいのための』(1991)
●類語研究会／創拓社出版

『ことばと文化』(1973)
●鈴木孝夫／岩波書店

『日本語の世界1 日本語の成立』(1980)
●大野 晋／中央公論社

『日本語の世界6 日本語の文法』(1981)
●北原保雄／中央公論社

『大野晋の日本語相談』(1995)
●大野 晋／朝日新聞社

『白川静さんに学ぶ 漢字は楽しい』(2006)
●小山鉄郎、白川 静、文字文化研究所／共同通信社

『日本語の歴史』(2006)
●山口仲美／岩波書店

『日本語の歴史～青信号はなぜアオなのか』(2001)
●小松英雄／笠間書院

『日本語は天才である』(2009)
●柳瀬尚紀／新潮社

『日本語教師のためのQ&A』(2009)
●泉原省二／研究社

『初級を教える人のための日本語文法ハンドブック』(2000)
●松岡 弘(監修)、庵 功雄、高梨信乃、中西久実子、山田敏弘／スリーエーネットワーク

『実践 にほんご指導見なおし本 語彙と文法指導編』(2003)
●K.A.I.T／アスク

『実践 にほんご指導見なおし本 機能語指導編』(2003)
●K.A.I.T／アスク

『みんなの日本語事典』(2009)
●中山緑朗、陳 力衛、木村義之、飯田晴巳、木村 一 ／明治書院

『日本語能力試験1級試験問題と正解　平成16～18年度』(2008)
●日本国際教育支援協会、国際交流基金　著・編集／凡人社

『日本語教育能力検定試験　第13回～第15回　傾向徹底分析問題集』(2003)
●アルク日本語出版編集部／アルク

『日本語文法演習 敬語を中心とした対人関係の表現—待遇表現 上級』(2003)
●小川誉子美、前田直子／スリーエーネットワーク

『神社のしくみと慣習・作法』(2007)
●三橋 健／日本実業出版社

【後記】

《日本人也不知道的日本語2》
不知道您是否滿意呢？

因為許多人的協助，才有辦法推出第二集，
在此誠心地感謝。

這次藉由製作這本書有了很多新的發現和新的際遇，
另外平時不會深入思考的問題也由不同角度觀看，
使得世界更加寬廣。

從今以後我會繼續吸收各種知識，
針對「日本」和「日文」做更深一層的思考。

海野凪子

某雜誌的採訪問Nagiko老師何謂「成功的課程」，
Nagiko老師的回答卻是「沒有」。
「學生完全了解＝成功的課程，
有多數以上的學生存在的校園中，就不可能有所謂的成功，
如果當你感到成功的話，
那是只專注在自己該做的程序上卻忽略了學生的感受，
所以當我感到成功時，我會選擇自我反省」
我居然能夠和這種不加思索地回答出這番話的人相遇，
真的是非常幸福。

不只是Nagiko老師，
我還得到了大家的幫助和支持才能夠完成這本書，
支持我的各位，非常謝謝你們。

我由衷地感謝協助此書製作的各位。

蛇藏

特別感謝

担当編集 羽賀さん

クララさん
(blog: 八百八町　http://eighthundredandeighttowns.typepad.com/808-towns/)

スカッドさん
ホリー・ペトルさん（チェコセンター所長）
江口真理子さん
タチアナさん
ダニエルさん
ニーナさん
ビアンカさん
アイシャさん

山崎澄子さん
小西永里子さん（財団法人大和市国際化協会）

東海林美名さん（湘南ゴスペルWAVE代表）
マサヨ　ジェイムスさん
サミ・ポップさん
MEIKEさん
藤本さん
小金丸さん
中郡さん
マングース平田さん
アダムさん
ユリアさん
芳江ちゃん
兎子先生

みりん王子様 
宮崎正美さん
K.Tanakaさん
Toyomoさん

木原浩勝さん

学生の皆さん

紀ちゃん
家族

第一集

日本人也不知道的日本語

量詞、敬語、文化歷史……
學會連日本人都會對你說
「讚」的正確日語

教科書的世界

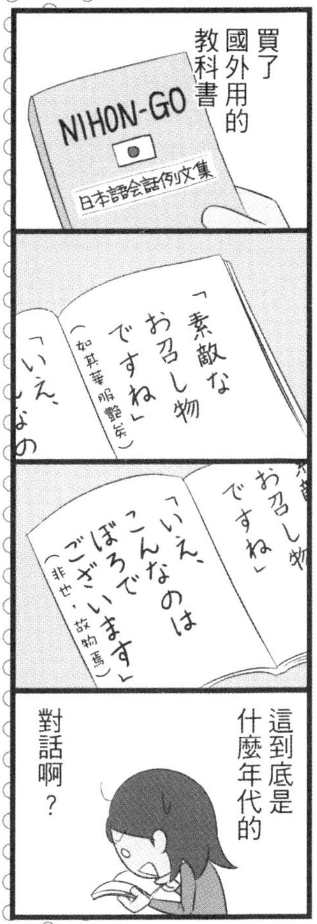

熱銷中

日本人也不知道的日本語(1)

定價260

國家圖書館出版品預行編目資料

日本人也不知道的日本語(2)：單字、敬語、文化歷史……學會連日本人都會對你說「讚」的正確日語／蛇蔵、海野凪子著；劉艾茹譯. -- 初版. -- 臺北市：麥田, 城邦文化出版：家庭傳媒城邦分公司發行, 民101.05-
冊；　公分. --（滿分學習；6-）
ISBN 978-986-173-778-2（第2冊：平裝）
1. 日語　2. 讀本
803.18　　101008355

滿分學習　06

日本人也不知道的日本語(2)：

單字、敬語、文化歷史……
學會連日本人都會對你說「讚」的正確日語

作　　者／蛇蔵＆海野凪子
譯　　者／劉艾茹
選 書 人／林秀梅　鍾平
責任編輯／林怡君

副總編輯／林秀梅
編輯總監／劉麗真
總 經 理／陳逸瑛
發 行 人／凃玉雲
出　　版／麥田出版
城邦文化事業股份有限公司
台北市100台北市中山區民生東路二段141號5樓
電話：(02)25007696　傳真：(02)25001966
部落格：http://blog.pixnet.net/ryefield
發　　行／英屬蓋曼群島商家庭傳媒股份有限公司城邦分公司
台北市民生東路二段141號11樓
書虫客服服務專線：02-25007718・02-25007719
24小時傳真服務：02-25001990・02-25001991
服務時間：週一至週五09:30-12:00・13:30-17:00
郵撥帳號：19863813　戶名：書虫股份有限公司
讀者服務信箱E-mail：service@readingclub.com.tw
歡迎光臨城邦讀書花園　網址：www.cite.com.tw
香港發行所／城邦（香港）出版集團有限公司
香港灣仔駱克道193號東超商業中心1樓
電話：(852) 25086231　傳真：(852) 25789337
E-mail：hkcite@biznetvigator.com
馬新發行所／城邦（馬新）出版集團【Cite(M)Sdn. Bhd.】
41, Jalan Radin Anum, Bandar Baru Sri Petaling,
57000 Kuala Lumpur, Malaysia.
Tel: (603) 90578822　Fax:(603) 90576622
email:cite@cite.com.my

美術設計／江孟達工作室
印　　刷／鴻霖印刷傳媒股份有限公司

■2012年（民101）6月　初版一刷　　Printed in Taiwan.

定價／260元

ISBN 978-986-173-778-2